LORENA LENN

SUFLETE PERECHE

Timișoara, 2018

Descrierea CIP a Bibliotecii Naționale a României
LENN, LORENA
    Suflete pereche / Lorena Lenn. - Timișoara : Stylished,
2018
    ISBN 978-606-94577-3-3

821.135.1

Editura STYLISHED
Timișoara, Județul Timiș
Calea Martirilor 1989, nr. 51/27
Tel.: (+40)727.07.49.48
www.stylishedbooks.ro

SUFLETE PERECHE

Pentru sufletul meu pereche.

Cu dragoste,

Lorena Lenn

Capitolul I

Rachel are impresia că trăiește un coșmar. Pur și simplu nu poate să creadă ce vede în fața ochilor. Dacă nu ar fi aievea, ar putea să jure că totul e doar o farsă. Emoțiile care o cuprind nu se pot compara cu nimic altceva. Când văzuse numele acela gravat pe ușa biroului, sperase că e vorba de o coincidență nefericită, însă aproape că își poate simți corpul tremurând și nu numai din cauza gândurilor referitoare la interviul care o așteaptă. E conștientă de faptul că a mai încercat să își găsească o slujbă, însă nu fusese acceptată. Unii angajatori o refuză din cauza pregătirii insuficiente, spun ei, și pe bună dreptate, iar la ultimul interviu la care se prezentase, directorul firmei încercase să îi propună să îi fie mai mult decât secretară, astfel încât aproape că o luase la fugă din biroul acela, simțind un gust amar. Văzuse apoi un anunț de angajare în cadrul companiei Burke Constructions și a decis să își încerce norocul din nou. Se întorsese acasă, în Detroit, cam de o săptămână. Timp de doi ani, cât a fost plecată, i-a fost dor de casă și a știut că se va întoarce într-o zi. Și avea nevoie de stabilitate financiară, fiindcă nu era vorba doar despre ea în toată povestea.

Rachel inspiră adânc, în timp ce închide uşa biroului în care tocmai intrase. Se întoarce apoi spre cel care o priveşte atât de pătrunzător, încât aproape că simte un nod în gât.

-Când ţi-am văzut numele trecut pe CV-ul de pe biroul meu, m-am gândit că nu e posibil să fie vorba tocmai de tine. Ia loc, Rachel, nu ne-am mai văzut de ceva vreme. Să tot fie vreo doi ani, nu-i aşa? o întreabă Chase, ridicându-se de pe scaun şi întinzându-i mâna.

-Bună, Chase... ei bine, se pare că e vorba totuşi despre mine şi voi înţelege dacă nu vrei să... bâiguie ea, dând mâna cu el şi se opreşte din vorbit pentru a-şi aminti cum e să respire din nou. El e neschimbat. La fel de fermecător şi de cuceritor cum şi-l amintea. Sau poate că este mai mult de atât... se gândeşte, privindu-l cum merge spre scaunul lui în timp ce îi face semn să se aşeze. Se trezeşte dintr-o dată analizându-l, şi nu poate nega că Chase Burke este un bărbat plăcut privirii. Înalt, blond, cu ochii aceia căprui pătrunzători şi având o alură sportivă, nu se încadrează în tiparele unui director de firmă de construcţii, ci, mai degrabă, i s-ar potrivi orice altceva. Rachel îşi spune că analiza asta subită se datorează faptului că trecuse ceva timp de când l-a văzut ultima dată.

-Aici scrie că eşti încă în perioada de studii. Încă nu ai terminat facultatea... vreun motiv anume? o întreabă el, privind-o curios în timp ce îi răsfoiește dosarul. Întreb doar fiindcă suntem cunoștințe vechi...

Tonul lui insinuant și privirea aceea o asigurau că nu uitase. Ceea ce trebuie ea să facă, însă, e să lase să pară că tot ceea ce se întâmplase cu doar doi ani în urmă, nu existase.

-Sunt în al doilea an, totuși. Mai am unul și închei și această etapă, a studiilor... spune Rachel, încercând să pară stăpână pe ea.

-Te descurci foarte bine la chestia asta, la încheierea etapelor, nu-i așa? Nu-i nevoie să-mi răspunzi la întrebarea asta, eu știu cel mai bine răspunsul... răspunde Chase, privind-o cu duritate. Oricum... aici mai scrie și că nu ești căsătorită și că nu ai copii... adaugă, încleștându-și maxilarul. Asta nu poate însemna decât că ai avea disponibilitate pentru deplasări în interes de serviciu, dacă ar fi nevoie.

-Am să mă descurc, dacă va trebui... zice Rachel, simțindu-și inima bătând cu putere. Dacă Chase ar ști, ar privi-o și mai nemilos decât o face în acest moment, și nu poate să riște să piardă tot ceea ce este mai important pentru ea.

-Ai mai lucrat în domeniul ăsta, cel puțin asta scrie aici.

-Da, în New York...

-Ce te-a făcut să te întorci, Rachel?

-Asta e o întrebare cuprinsă în interviu? întreabă ea, neputându-se abține.

-Doar răspunde-mi, îi spune hotărât, punând dosarul pe birou, de parcă oricum nu i-ar fi de niciun folos.

-M-am întors fiindcă aici e acasă. Aici am copilărit, aici mi-am petrecut aproape întreaga viață și știam că mă voi întoarce într-o zi.

-Și tot aici s-au întâmplat și alte lucruri importante pentru tine, nu-i așa? o întreabă el, privind-o cu seriozitate. Când o văzuse ultima dată, Rachel avea optsprezece ani și era mai slabă, avea o bunătate și o inocență care, la un moment dat, îl atrăseseră ca un magnet. Pe atunci avea părul mai scurt, șaten, iar acum îl avea lung, pe toată lungimea spatelui. Se schimbase. Nu se compara cu femeia pe care o vedea acum în fața lui, una mai rece și calculată, care îl privea cu răceală.

-În ceea ce privește abilitățile mele, pot să spun că... zice Rachel rapid. Încearcă să-i distragă atenția de la tot ce știa că înseamnă cuvintele acelea pentru amândoi.

-Poți să te oprești. Te anunț ce am decis în zilele următoare, îi spune el și ia din nou dosarul în mână, studiindu-l cu interes disimulat.

Rachel îl privește curioasă, în timp ce se ridică de pe scaun.

-O zi bună, domnule Burke! spune luându-și geanta în mână.

-Rachel...

-Da?

-Cred că ne cunoaștem prea bine pentru ca eu să fiu domnule Burke pentru tine... aș prefera să-mi spui Chase, zice, ațintindu-și privirea asupra ei.

-Bine, Chase... la revedere! răspunde ea, numai pentru a spune ceva, deși îi vine să iasă trântind ușa, fiindcă el îndrăznise să facă aluzia aceea. Dar fiindcă știe că trebuie să se comporte cât mai natural cu putință, a spus, totuși, ceva. Îl mai aude salutând-o, chiar înainte să deschidă ușa și să plece în viteză de acolo. Se îndreaptă spre ieșire ca și când ar fi primit un bilet spre libertate, gândindu-se că se simte ca și când tocmai fusese aruncată în groapa cu șerpi. Nu are decât două opțiuni: fie Chase îi spune că nu era acceptată pentru postul de secretară, iar asta înseamnă alte căutări, fie este de acord cu angajarea ei, iar în cazul acela nu poate decât să spere că Chase o va trata într-un mod uman. Până la urmă, nu ea este cea vinovată de felul în care au decurs lucrurile cu doi ani în urmă. Ea nu făcuse altceva decât să-i acorde încrederea și iubirea ei, iar el îi înșelase așteptările în cel mai urât mod cu putință.

Privindu-și copilul dormind în pătuț, Rachel se simte copleșită de dragoste. Ființa aceea mică și delicată este o parte din ea, chiar dacă fizic seamănă atât de bine cu tatăl lui. Când îl privește, are impresia că îl are în fața ei pe Chase în miniatură: ochii lui căprui, părul blond... până și zâmbetul îi aduce aminte de el în fiecare zi. Leon este cea mai importantă persoană din viața ei și îl iubește enorm. Este centrul existenței sale. Nu mai poate să conceapă viața fără băiețelul ei care îi înseninează sufletul zi de zi. Își strânge mai bine cardiganul lung și încearcă să nu plângă, să nu-l trezească. Își șterge cu discreție lacrimile, amintindu-și de divorțul părinților ei, dar și de reacția acestora la aflarea veștii despre sarcina ei, în urmă cu doi ani. Își revede în minte părinții, certându-se și acuzându-se reciproc că nu au educat-o cum trebuie. Râuri de lacrimi îi curg pe obraji, amintindu-și cum încercau să o convingă să renunțe la sarcină, în loc să o sprijine, așa cum ar fi simțit ea nevoia. Dacă nu ar fi avut ajutorul bunicii ei, probabil ar fi ajuns pe străzi, ducând o viață mai mult decât grea. Îi era mai mult decât recunoscătoare, fiindcă avusese grijă de ea în timpul sarcinii, cât timp au locuit împreună la New York, acolo unde bunica ei avea un apartament. La vremea aceea, Sharon, o femeie încă plină de viață, se ocupase de ea și de copil cu o dragoste ce întrecea grija părintească.

O luase din Detroit și o dusese la New York, departe de acuzațiile părinților ei, spunându-i că acasă nu era locul potrivit pentru creșterea armonioasă a unui copil, spre ușurarea părinților ei, care o vedeau doar ca pe o povară. Aceștia s-au separat, alungând-o pe Rachel din viețile lor, care oricum nu prea simțise iubirea lor nici în copilărie sau în adolescență, însă ruptura de ei nu îi făcuse plăcere. Erau totuși părinții ei și ar fi vrut ca lucrurile să stea cu totul altfel.

Din păcate, a rămas singură, bunica ei murise recent, iar ea a revenit acasă pentru a intra în posesia moștenirii pe care i-o lăsase. Casa în care locuiește de o săptămână îi fusese lăsată prin testament și nu poate decât să se bucure că are un cămin pentru ea și pentru copil.

Rachel închide ochii, încercând să se liniștească. Merge apoi în bucătărie, acolo unde și-a pregătit micul dejun, și se uită la ceas. Au trecut deja trei zile de când a vorbit cu Chase și încă nu a primit niciun semn de la el. Asta nu e nicio noutate, având în vedere trecutul... se așază la masă, mâncând încet, dar fără poftă. Trebuie să își găsească o slujbă, și asta cât mai repede. Economiile ei și banii rămași de la bunica încep să se termine și trebuie să găsească o soluție. Vrea atât de mult să fie o mamă bună, exact așa cum își dorea să fie iubită de părinții ei, de care nu mai știe nimic. Simte o strângere de inimă gândindu-se la toate acele lucruri, dar din clipa în care ei o alungaseră din viețile lor, Rachel și-a promis că va face același lucru. Își amintește și sentimentele confuze care au încercat-o în urmă cu doar șase luni, când a aflat de la niște rude că mama ei renunțase la viață, aruncându-se în râul care traversează orașul, Detroit River. Bunica ei abia o convinsese să meargă la așa-zisa ceremonie searbădă care avea loc înainte de înmormântarea mamei sale. Tatăl ei, Niels Stevens, nici nu a fost prezent, deși fusese anunțat. Au fost doar Rachel, bunica ei și câteva rude foarte apropiate. Își amintește cum și-a ținut copilul în brațe pe tot parcursul acelei slujbe scurte, jurându-și că Leon nu va cunoaște o tristețe și o viață asemănătoare cu cea pe care o trăise ea, lipsită de iubirea părintească și marcată de vorbele răutăcioase ale colegilor de la școală, vorbe referitoare la situația ei familială, dar și la situația materială precară. În anii aceia de liceu, Rachel își găsise consolarea în cărți, în școală și în singura prietenă pe care o avea, prietenă pe care a avut bucuria să o revadă când s-a întors în orașul ei natal și care o ajuta să aibă grijă de Leon, când ea mergea la interviuri pentru diverse slujbe. Melania îi era de mare ajutor, iar faptul că s-au revăzut după doi ani parcă nici nu conta. Era ca și când nu s-ar fi văzut de două zile. O singură persoană îi atrăsese atenția în urmă cu mai bine de doi ani, prin bunătatea și umanitatea cu care o tratase, lucruri care o făcuseră să îi cedeze atât de ușor, după șase luni de întâlniri, de promisiuni și de

SUFLETE PERECHE

cuvinte frumoase: Chase Burke, blestemul vieții sale, blestem care o urmărește cu încăpățânare și în prezent.

Își amintea că era atât de cuminte și de serioasă până să îl întâlnească. O cucerise cu felul în care se purta cu ea, atât de diferit față de felul în care se purtau în primul rând părinții ei, și mai apoi cei din jur. Fusese privată de atâtea lucruri frumoase, încât, la vremea aceea, găsise în Chase atenția și afecțiunea la care visase dintotdeauna. L-a cunoscut când ea era la liceu, iar el era student, și chiar dacă era unul dintre cei mai apreciați studenți, nu o privise cu aroganță sau cu răutate, ci se purtase mereu politicos, făcând ca în inima ei să se formeze sentimentele acelea frumoase și unice, numai pentru el. Mai bine de trei luni încercase să o convingă să iasă cu el, însă ea se lăsa greu convinsă, atât din cauza neîncrederii, cât și din cauza opiniilor negative ale celorlalți referitoare la familia ei. Când Chase i-a spus că nu îl interesează ce cred ceilalți, reticența ei a început să dispară, făcând loc curiozității și sentimentelor frumoase, chiar dacă Chase și ea făceau parte din două lumi atât de diferite. În timp ce tatăl ei muncea pe unde reușea și era mai mereu beat, mama ei se ocupa de casă și de ea într-un stil propriu, luându-i apărarea soțului chiar și când o bătea și îi oferea tot atâta afecțiune fiicei sale cât i-ar fi oferit și unui străin.

 Rachel pune farfuria deoparte. Nu mai poate să mănânce, nu când amintirile o urmăresc din nou. Tatăl ei obișnuia să fie violent cu mama ei, dar și cu ea, fără motiv. Își amintește de loviturile primite când aflase că fiica lui se întâlnea cu Chase, dar și de ziua în care Chase discutase atât de aprins cu tatăl ei pe tema asta, încât totul se putea sfârși urât, dacă nu interveneau niște vecini să îi despartă. Chase plecase cu greu din casa ei, privind-o rugător și compătimitor. Chase a devenit în scurt timp eroul ei, iar ceea ce simțea pentru el începea să depășească granițele unei prietenii frumoase. Îi vine în minte felul în care Chase îi sărutase vânătăile în ziua următoare, făcându-i durerea mai suportabilă. În ziua aceea, a reușit să plece de acasă sub pretextul că merge la Melania. S-a întâlnit cu Chase în pădure, lângă lac și a rămas alături de el întreaga noapte. Fusese noaptea pierzaniei, noaptea în care devenise femeie, nebănuind cât de mult o vor costa acele momente de plăcere infinită pe care le simțise în brațele lui Chase. Nu a mai permis nimănui după aceea să se apropie de ea așa cum i-a permis lui Chase.

 Ea inspiră adânc, lăsând memoria să îi fie invadată de amintirile dulci-amare pe care Chase i le lăsase în suflet. O moștenire atât de frumoasă, dar şi atât de crudă... îşi imaginase atâtea lucruri frumoase în legătură cu ei doi. Visa să fie împreună pentru toată viaţa, să se căsătorească şi să fie fericiţi, aşa cum îi promisese el în noaptea în care a făcut-o a lui.

Deschide ochii, nevrând să se lase furată de amintirea acelei nopţi, una în care pierduse totul, dar în acelaşi timp câştigase totul, fiindcă Leon era totul al ei. Încercase atât de mult să-l uite şi să-l urască pentru ce îi făcuse şi aproape că reuşise să se împace cu ea însăşi. Până în urmă cu trei zile, când l-a revăzut pe cel care îi transformase viaţa în cel mai oribil coşmar posibil.

Câteva minute mai târziu, Rachel citeşte o carte, întinsă pe canapea, când aude soneria. Se uită pe vizor şi, când vede că e Chase, îngheaţă. Merge repede să închidă uşa care dă spre camera copilului, apoi deschide uşa de la intrare, încercând să fie puternică. Aşa trebuie să fie când vine vorba despre Chase Burke: puternică şi rece. Îşi datorează acest lucru sieşi, dar şi lui Leon.

-Bună, Rachel! Scuze că apar aşa, neanunţat, dar am vrut să vorbesc personal cu tine, îi spune Chase privind-o cu atenţie. Ţine un dosar în mână.

Rachel își înghite cuvintele dure pe care vrea să i le spună, amintindu-și că nu trebuie să îl lase să o vadă afectată de prezența lui.

-Bună, Chase... dacă mă sunai, veneam la birou. De unde știi unde locuiesc?

-Din CV, o lămurește el, având un zâmbet în colțul buzelor care o face să își simtă inima bătând mai repede. Mă lași să intru sau ai de gând să mă ții aici, afară? o întreabă Chase, privind-o insinuant.

Rachel nu răspunde la aluzia lui subtilă, însă lasă ușa deschisă și merge spre canapea, conștientă că el o urmează. Îl privește așezându-se lângă ea. Îi invadează spațiul personal, iar asta nu îi convine.

-Ce se întâmplă? îl întreabă, stăpânindu-și impulsul de a se trage câțiva centimetri mai departe de el. Nu vrea să se lase intimidată de prezența lui impunătoare, cuceritoare și masculină.

-Am studiat dosarul tău și în urma unei analize atente, am decis că se cuvine să îți acord o șansă. Începând de mâine, te poți prezenta la birou. Dacă ai întrebări, le aștept, îi spune Chase, lipindu-și ușor piciorul de al ei. O privește și se simte tot mai surprins de vulnerabilitatea din ochii ei, dar și de răceala detașată cu care îl tratează. Arată atât de natural, îmbrăcată în pantalonii lungi, lejeri și purtând bluza tricotată care îi scoate în evidență rotunjimile apetisante ale corpului. Reacția fizică pe care o are la vederea ei îl înfurie. Ea nu merită nici măcar atât din partea lui. Nu după ce îi făcuse.

Rachel deschide gura să-i răspundă, însă se oprește în clipa în care vede că Chase stă cu spatele la o fotografie care o înfățișează alături de Leon.

-Nu am nicio întrebare, Chase, spune ea, luându-i dosarul din mână. Se ridică și merge în spatele lui, cu inima bătându-i nebunește.

-Vrei să-l păstrezi? o întreabă, nedumerit.

-Dacă se poate... sau dacă nu, ți-l înapoiez mâine, spune Rachel și se postează în fața lui, în timp ce întoarce fotografia și o acoperă cu dosarul, tușind între timp, pentru a masca zgomotul făcut de rama fotografiei.

-Bine. Ai ceva timp liber acum?

-Nu. De ce? îl întreabă Rachel, venind înapoi și având grijă să lase o oarecare distanță între ei.

-Voiam să mai vorbim, să ne amintim de vremurile trecute. Ce spui?

-Nu cred că e o idee bună, dar îți mulțumesc că te-ai gândit să îmi acorzi postul. Încerc să găsesc ceva încă de când m-am întors acasă, dar până acum nu am reușit.

-Cum ai aflat de slujba asta? E doar o întâmplare faptul că acum trei zile ai apărut în biroul meu? o întreabă el neîncrezător.

-Da, este. Informația apare la bursa locurilor de muncă, în ziarul local, dar nu m-am gândit că e vorba despre compania familiei tale, a ta, adică.

-Nu ai fi venit dacă știai, nu?

-Cred că nu... spune ea ezitând, privind în altă direcție.

-Nu-i nimic, avem timp să discutăm despre asta. Oricum, trebuie să recunoști că e ceva ciudat cu destinul. Să ne aducă din nou împreună, în același oraș... cred că e mai încăpățânat decât noi, îi spune el, zâmbindu-i.

Rachel înghite în sec, știind că el are dreptate.

-Ei bine, eu trebuie să ies până afară, aștept pe cineva, așa că dacă ți-ai încheiat vizita... îi zice, ridicându-se în picioare.

-Am înțeles. Rachel Stevens, ai cumva o întâlnire romantică? Vezi să nu-l lași să aștepte... o sfătuiește Chase, ridicându-se, la rândul lui, de pe canapea.

Rachel se uită în altă parte, decisă să îi ignore remarca. Când aude plânsul lui Leon, panica pune stăpânire pe ea. Copilul ei cuminte și-a găsit să plângă tocmai atunci.

-Trebuie să pleci, Chase. Acum, îi spune ea, sperând să îl convingă.

-Ce a fost asta? întreabă, surprins.

-Nimic, îi spune ea, cu glasul tremurând. Trebuie să se stăpânească sau altfel va avea de pierdut.

-Asta nu se poate numi nimic, Rachel. De ce se aude plânsul unui copil în casa ta? Ai spus că nu ai copii... îi zice el, îngustându-şi privirea.

-Aşa e, nu am. E doar copilul unei prietene. M-a rugat să am grijă de el cât e la cumpărături, îi explică, apoi intră în cameră şi îl ia pe Leon în braţe, încercând să îl liniştească. E conştientă că el a urmat-o şi că tremură din toate încheieturile.

Chase intră în cameră, observând jucăriile şi toate celelalte elemente care compun decorul unei camere pentru copii. Mai văzuse pe un dulap o fotografie cu Rachel şi băieţelul din braţele ei. Presimţirea sumbră care i se strecoară în minte îl face să nu mai gândească raţional. Ori Rachel spune adevărul şi totul e doar o exagerare a imaginaţiei lui bogate, ori minte, lucru la care nici nu vrea să se gândească...

-Din câte ştiam eu, singura ta prietenă e Melania, iar ea nu are copii. Numai dacă nu ţi-ai făcut şi alte prietene între timp, ceea ce nu m-ar mira, doar stabilitatea nu e punctul tău forte.

-Ai dreptate, Chase. Nu e copilul Melaniei, e al altei prietene, pe care am cunoscut-o de curând. E doar o favoare şi nu trebuie să mă justific atât, spune Rachel, simţindu-se tot mai agitată când îl vede că se apropie de ea.

-E un copil frumos! Se pare că ai ceva talent la treaba asta, s-a liniştit imediat când l-ai luat în braţe.

Rachel inspiră adânc. Pare că i-a crezut

explicațiile, căci îi zâmbește celui mic cu tandrețe. Inima i se strânge când vede că Chase începe să mângâie copilul pe cap. Nu se aștepta la o asemenea dovadă de afecțiune din partea lui, față de un copil necunoscut. Face un efort să se stăpânească, să nu facă niște pași în spate și să îl ferească pe Leon de atingerea lui. Îl pune înapoi în pat aproape imediat, totuși, simțind că nu mai suportă tensiunea din interiorul ei.

-Poți să-mi aduci un pahar cu apă, Rachel, te rog? o întreabă, privind-o încontinuu.

-Da, dar nu ar fi mai bine să aștepți dincolo? Copilul trebuie să doarmă și ar putea fi deranjat de zgomotele din jurul lui... îi zice ea, încercând cu tot dinadinsul să-l scoată de acolo.

-Aștept aici, nu fac zgomot, îi răspunde el, privind-o cu atenție.

Rachel pleacă, iar el se apropie de patul copilului, privindu-l concentrat. Are sentimentul ciudat că îi vine să-l ia în brațe. Asta e neobișnuit, având în vedere că nu are o atracție spre copii sau oricum, nu e în fiecare zi atât de aproape de unul. Sentimentul cu totul nou și ciudat care îl cuprinde nu dispare nici când Rachel se întoarce cu paharul cu apă.

-Drăguț copil, îi spune el în șoaptă, făcând-o să tresară, venind în spatele ei când Rachel se apropie instinctiv de pătuț.

-Ar trebui să pleci. Mă cam grăbesc, știi cum e... îi zice ea, întorcându-se brusc spre el și sprijinindu-se de barele pătuțului.

-Cum reușești să ieși din casă, dacă trebuie să ai grijă de micuțul ăsta?

-Nu plec departe. Mă duc doar până afară să îl întâmpin. Tu ai înțeles greșit.

-Pot să îl cunosc și eu? o întreabă el tot în șoaptă, aproape lipindu-și buzele de urechea ei.

Rachel își pune mâinile pe umerii lui, împingându-l ușor.

-Nu. Te rog, doar pleacă, nu vreau să te găsească aici.

-Dar nu e nicio problemă, doar sunt șeful tău, nu-i așa? spune Chase, luându-i mâinile de pe el, ținându-le câteva secunde în plus, înainte de a i le elibera, spre disperarea femeii din fața lui, care îl privește cu nervozitate.

-E cam gelos... sunt sigură că înțelegi... îi zice ea zâmbind, încercând să pară cât mai credibilă. Se îndreaptă spre ieșire, făcându-l să o urmeze.

-Dacă eram în locul lui și eu aș fi fost la fel... îți doresc să ai o zi frumoasă, Rachel. Ne vedem mâine la birou. Mă întreb oare câte surprize mai am de descoperit în privința ta... îi spune Chase, apoi iese și se îndreaptă spre mașină. Pleacă în viteză spre birou, conștient de durerea bruscă de cap care l-a cuprins.

Rachel așteaptă în prag să plece, tocmai ca să pară că așteaptă pe cineva. Când vede că mașina demarează în viteză, închide ușa, se lipește de ea și răsuflă ușurată. De data asta a scăpat cu bine, însă nu știe cât timp o va mai putea ține așa. De fapt, e ușor, se gândește ea, încercând să se relaxeze. Nu trebuie decât să evite ca Chase să o mai viziteze astfel și totul va fi în ordine. Speră ca improvizația ei cu iubitul imaginar să o salveze de ceea ce văzuse arzând în privirea lui mai devreme. Fusese pe punctul de a-l trage pe Leon de lângă Chase când l-a văzut mângâindu-l, dar băiețelul îl privise liniștit, ca și când Chase nu ar fi fost vreun intrus.

Rachel merge la bucătărie să bea un pahar mare cu apă. Simte nevoia, după ce-a trăit mai devreme. Ticălosul! Se mai și apropiase de ea în felul ăla, ca și când ar fi vrut să-i arate că încă mai are putere asupra ei. Va avea ea grijă să îi demonstreze că nu e deloc așa. Ea nu mai este tânăra naivă de acum doi ani, iar el nu își poate permite lucrurile alea față de ea

Capitolul II

Rachel se află deja la birou, când Chase deschide ușa și intră grăbit în firmă.

-Bună dimineața, Rachel! Ai venit mai devreme, cu un sfert de oră chiar... îi spune el cu un zâmbet fugar.

-Bună dimineața, domnule Burke! Am venit

mai repede să mă obișnuiesc cu locul... răspunde ea, privindu-l cât mai detașată cu putință și reținându-și zâmbetul. Chase e impecabil în costumul negru, însă arată puțin agitat și are părul ciufulit din cauza vântului de afară, ceea ce îi dă un aer aproape adolescentin.

Chase se oprește în fața biroului său, privind-o cu atenție.

-Serios, acum? Chiar ai de gând să continui să îmi spui domnule Burke? Parcă ți-am zis să nu mai faci asta.

-Am crezut că preferi să îți vorbesc formal... zice Rachel, justificându-se, în timp ce se foiește ușor pe scaun.

-Nici ceilalți colegi nu îmi vorbesc formal, nu am nevoie de formalisme, de ce ai face-o tu? o întreabă el, deschizând apoi ușa și intrând în biroul lui, fără să aștepte vreun răspuns.

Rachel ridică întrebătoare o sprânceană și-și vede mai departe de treabă. Scria niște e-mailuri, când Chase intră din nou în biroul ei.

-Ai nevoie de ceva? îl întreabă ea, ridicându-și ochii din monitor.

-Am vrut doar să te anunț că azi avem o zi mai plină. Avem un control din partea unei firme de audit, însă va trece repede. Voiam doar să te rog să pregătești trei cafele și să le aduci în biroul meu.

-Așa voi face. Cei care vor veni mă verifică și pe mine? E ceva ce trebuie să pregătesc în mod special? întreabă Rachel, simțindu-se puțin agitată, însă își spune că e doar din cauza auditului, nu și din cauza lui Chase, care se află chiar în fața biroului ei. Doar își repetase de atâtea ori că nu are voie să se simtă emoționată în preajma lui.

-Nu-ți face griji, actele sunt în biroul meu și eu sunt cel care va vorbi cu ei, îi răspunde Chase pe un ton mai relaxat. Apropo, îți stă bine în costumul ăsta... cum a fost la întâlnire, ieri?

-Bine, mulțumesc, dar nu cred că e cazul ca tu, ca șef al meu, să mă întrebi lucruri personale, îi zice Rachel fulgerându-l cu privirea, neputându-se abține. El nu are dreptul să îi vorbească astfel.

-Nu făceam decât să mă preocup de binele angajatei mele, îi spune Chase și o privește inocent, zâmbind la vederea fulgerelor din ochii ei.

-Așa procedezi cu toți angajații? îl întreabă ea, ridicându-se în picioare și măsurându-l din priviri. Nu știe cât mai rezistă să afișeze masca rece a politeții în fața lui, când de fapt îi vine să-i spună câteva... sau să fugă, poate... e atât de confuză uneori...

-Da. Zâmbește, Rachel, ești prea tensionată... îi spune el, zâmbindu-i în modul acela irezistibil, după care intră din nou în biroul lui.

Rachel se așază, încrucișându-și brațele, și stă așa timp de câteva secunde. Este sigură că

Chase nu voia decât să o destabilizeze emoțional și nu are de gând să-l lase să-i facă asta. Se uită apoi repede la telefon, îi trimite un mesaj Melaniei, s-o întrebe dacă totul este în regulă cu Leon. Nu se poate abține. De fiecare dată când nu e lângă el, i se face dor de băiețelul ei frumos și dulce. Își amintește că Melania se amuză de multe ori pe seama ei pe tema asta, însă o și înțelege. Este normal să se intereseze de copilul ei, doar el îi oferă dragostea necondiționată la care a visat dintotdeauna.

-Ia te uită, să înțeleg că tu ești noua achiziție a lui Chase?

Rachel este întreruptă din gândurile ei de vocea masculină și senzuală a bărbatului atrăgător, înalt și brunet care se oprise în fața biroului ei, studiind-o cu un interes vădit.

-Eu sunt noua secretară, Rachel Stevens, se prezintă ea întinzându-i mâna, adoptând un ton cât mai serios. Nu vrea să fie luată drept ce nu e, ci dorește să inspire seriozitate și eficiență.

-Relaxează-te, Rachel! Nu sunt de la firma de audit. Sunt Duncan James, contabilul și prietenul cel mai bun al lui Chase, o lămurește el, strângându-i ușor mâna moale, caldă și feminină.

Rachel e pe cale să-i spună că acum doi ani, Chase avea alt prieten foarte bun, dar se abține. Nu e treaba ei să facă astfel de comentarii.

-Mă bucur să vă cunosc, domnule James. Doriți să-l anunț pe C... domnul Burke că vreți să îl vedeți? îl întreabă, așezându-se.

-Te rog, nu-mi spune domnule James, nu fi atât de politicoasă, nu sunt de acord cu formalismele astea inutile. Da, te rog să îl anunți pe Chase și scuze pentru mai devreme, eu sunt mai glumeț din fire, se scuză el, zâmbindu-i.

-E-n ordine, răspunde Rachel, gândindu-se că nu mai văzuse până atunci un contabil care să arate atât de bine. Apasă apoi butonul telefonului, anunțând vizita lui Duncan.

-Lasă-l să intre, Rachel! Mulțumesc, adaugă Chase cu amabilitate.

Rachel îi face semn lui Duncan că poate să intre, după care se concentrează din nou asupra activității ei, ignorând sentimentul pe care i-l trezise vocea lui Chase, chiar și prin intermediul telefonului. În mod sigur, trebuie să înceteze cu fâstâceala și cu nervozitatea pe care i le provoacă el. Are lucruri mai importante de făcut și nu poate să uite atât de ușor trădarea lui. A avut doi ani la dispoziție să îl urască și tot ce trebuie să facă e să continue în aceeași direcție.

-Bună ziua! Eu sunt Isabelle Gibbs, mă ocup de personalul din această firmă. Să înțeleg că Chase s-a hotărât să vă acorde o șansă și să vă angajeze?

Rachel s-a ridicat din nou, să se prezinte. Observă privirea superioară a femeii. Nu poate nega că Isabelle este atrăgătoare: blondă, înaltă, cu trăsături frumoase, accentuate de rujul roşu şi cu o privire dominatoare, care nu admite contraziceri. Rochia tricotată şi decoltată pe care o poartă îi pune atât de bine trupul în valoare, încât Rachel se simte simplă şi ştearsă în comparaţie cu Isabelle, la fel ca în liceu, când sentimentul de inferioritate era mult mai puternic decât acum.

-Bună ziua! Într-adevăr, eu sunt Rachel Stevens, noua secretară a lui Chase, spune, dând mâna cu Isabelle.

-Chase? întreabă Isabelle, ridicând o sprânceană.

-El mi-a cerut să îi spun astfel, spune Rachel, aşezându-se din nou.

-Aha... secretara care a fost înaintea ta, doamna Perkins, era o femeie în vârstă, care ştia să îşi facă treaba. Nu pot decât să sper că te vei dovedi la fel de eficientă. Permite-mi să-ţi dau un sfat în privinţa lui Chase: nu-l lăsa să te atragă în jocul lui seducător, aşa cum au păţit-o atâtea alte secretare, care au sfârşit prin a fi doar un alt nume pe lunga lui listă de cuceriri. Desigur, numai doamna Perkins a fost exclusă de pe listă, din cauza vârstei, însă tu eşti tânără, iar asta poate fi un dezavantaj... oricum, mă bucur să te cunosc şi îţi doresc o şedere îndelungată şi eficientă aici. Avem nevoie de oameni competenţi, nu de tinere visătoare care pot cădea foarte uşor în mrejele lui Chase, spune Isabelle, încheindu-şi discursul cu seriozitate. Te rog, anunţă-l pe Chase că îl caut, adaugă, privind-o cu un aer uşor dispreţuitor.

-Am înţeles, spune Rachel, făcând întocmai. Răsuflă uşurată când Isabelle intră în biroul lui Chase. Nu ştie cum să interpreteze cuvintele Isabellei, însă în mod sigur ştie că trebuie să evite să o supere cu ceva. Pare o femeie puternică, gata de orice pentru a-şi asigura interesul. Nu poate să nu se întrebe care este interesul acelei femei în legătură cu Chase, însă abandonează repede gândul, repetându-şi că nu e treaba ei.

Câteva minute mai târziu, Rachel îi întâmpină pe cei de la firma de audit, după care îi invită în biroul lui Chase. Îşi caută apoi ceva de făcut, xeroxând nişte documente pe care va trebui să i le predea lui Chase când va fi singur în birou, după cum îi spusese.

După o vreme, controlul se sfârşeşte, iar Isabelle şi Duncan ies din biroul lui Chase, Rachel îi duce actele cerute. Bate uşor la uşă, iar când îi aude vocea, intră şi pune actele pe birou.

-Pot să ştiu cum a fost? întreabă curioasă. Stă în picioare, în faţa biroului, în timp ce îl priveşte cum își desface ușor nodul de la cravată, părând încordat.

-Desigur. A fost bine. Chestiile astea se întâmplă cam o dată sau de două ori pe an, dar sunt obligatorii și importante, spune el în timp ce își dezbracă sacoul și-l pune pe spătarul scaunului.

-Mai ai nevoie de ceva sau pot să plec? îl întreabă, simțind brusc nevoia să bea un pahar cu apă.

-Nu, poți pleca! îi răspunde Chase serios. De fapt, ar mai fi ceva... adaugă, privind-o cu o expresie nedefinită.

-Da?

-Cum îi cheamă?

-Pe cine?

-Pe băiețelul prietenei tale și pe iubitul tău, zice Chase, privind-o cu atenție.

-De ce întrebi? răspunde ea, încrucișându-și brațele.

-Nu trebuie să fii atât de defensivă. Întreb din curiozitate și fiindcă vreau să știu ce nume să trec pe invitațiile pentru petrecerea de săptămâna viitoare. E petrecerea anuală de Crăciun a firmei, la care participă toți angajații. Aceștia pot veni însoțiți, o lămurește el.

-Nu va fi nevoie, eu nu vin. Am alte planuri, spune Rachel, vrând să evite să petreacă în preajma lui mai mult timp decât e necesar.

-Poate te mai gândești. Oricum, revenind la

numele celui mic...

-Îl cheamă Leon, zice ea, încercând să își ascundă emoția care o străbate.

-Frumos nume, spune Chase, zâmbind ușor. Dacă nu aș ști adevărul, aș spune că Leon seamănă cu tine... o seară bună, Rachel! Vrei să te conduc acasă sau te așteaptă iubitul tău?

-Nu seamănă și nu vreau să mă conduci acasă. În schimb, vreau să renunți la curiozitățile în privința mea. O seară bună! îi zice Rachel cu vocea tremurând și iese din birou ca o furtună, văzându-i zâmbetul întipărit pe chip. Își ia apoi geanta și pleacă la mașină, demarând în viteză. Simte furia cuprinzând-o în ghearele ei nemiloase. Dacă așa s-a simțit în prima zi de lucru, cum urmau să decurgă lucrurile în zilele următoare, s-a gândit ea, strângând volanul în mâini. Numai când se uita la ea, Chase o făcea să se simtă expusă, iar asta nu e bine deloc.

Odată ajunsă acasă, Rachel își strânge băiețelul în brațe, găsindu-și liniștea în gestul acela.

-Se vede că ți-a fost dor de el, spune Melania, zâmbind în timp ce îi privea.

-Așa e, îi răspunde Rachel, așezându-se pe un scaun și ținându-și fiul în brațe. Îl sărută apoi pe frunte și zâmbește când el gângurește și întinde mânuțele către ea.

-Rachel, trebuie să te întreb... cum a fost azi, ce ai simțit când l-ai revăzut pe Chase? întreabă Melania, curioasă. Nici măcar ea nu cunoștea toată povestea dintre cei doi, însă știa ce însemnase el pentru prietena ei.

-Melania... ești prietena mea și știi că te ador, dar nu-mi schimba starea pe care o am acum, când îl țin pe frumosul ăsta în brațe, răspunde Rachel, privind-o serioasă.

-Trebuie să vorbim despre asta, Rachel. Nu ai idee cât de mult te-a căutat după...

-Melania, vorbesc serios. Nu vreau să aud nimic. Chase Burke face parte din trecut și acolo va rămâne, spune, încruntată.

-Dacă spui tu...

-Asta spun. Nu mai vreau să aud numele ăsta. Mi-a ajuns. Îl văd destul în orele în care trebuie să lucrez, nu mai trebuie să-i aud numele și aici, acasă.

-Bine... plec acum, înainte să te uiți și mai urât la mine. Glumesc, plec fiindcă oricum e timpul să merg acasă. Să ai grijă de tine, de voi, Rachel, spune Melania, îmbrățișând-o atât cât putea, având în vedere că Leon se afla între ele.

-Mulțumesc pentru tot, Melania! O seară bună și ție! Ne vedem mâine! îi răspunde Rachel, conducând-o la ușă.

Apoi, Rachel îl așază pe Leon în scaunul înalt pe care îl folosește când îl hrănește lângă ea, la masă. Îi dă să mănânce, după care mănâncă şi ea. Îl duce în pătuţ, apoi merge să facă duş, sperând să se mai relaxeze după ziua aceea încărcată. Merge în camera lui Leon, îl ia în braţe şi îl culcă lângă ea. Îi place să doarmă alături de el. Nu se simte bine să îl lase în camera lui, singur. Este atât de norocoasă, băieţelul e un copil foarte cuminte în general, şi nu prea plânge, mai ales noaptea, aşa că poate să doarmă liniştită. Dacă ar fi fost la fel de cuminte şi ieri, ar fi evitat să se afle acele câteva minute în aceeaşi încăpere cu Chase. Şi acum încă îşi mai aminteşte cum îi bătuse inima când Chase l-a mângâiat uşor pe frunte, fără să ştie adevărul. Nici nu poate să se gândească la ce s-ar întâmpla dacă el i-ar afla vreodată secretul. Leon este doar al ei şi nimeni nu putea schimba asta, se gândeşte, îmbrăţişându-l.

Capitolul III

În ziua următoare, Rachel se afla la birou, scriind un document pe computer, când vocea lui Duncan o face să-şi ridice ochii din ecran.

-Rachel, mai ia o pauză, nu mai munci atât! îi spune el zâmbind.

-Mi-e bine aşa, mulţumesc! răspunde ea, surâzând, după care începe să-şi plimbe din nou degetele pe tastatură.

-Hai să luăm prânzul împreună! Mai trebuie

să şi mâncăm, nu-i aşa?

-Eu... de ce nu mergi cu Chase, doar sunteţi prieteni, zice ea ezitând.

-Chase e ocupat! Haide, nu vreau să mănânc singur... şi o priveşte rugător.

Rachel vrea să îl refuze, însă, văzând expresia de pe chipul lui Duncan, se mai îmblânzeşte. În fond, este colegul ei, nu face nimic rău dacă merge la masă cu el. Pare un băiat de treabă, cum îi place ei să spună despre cei care îi fac o impresie bună.

-Să mergem, atunci! O femeie mai trebuie să şi mănânce... răspunde ea, ridicându-se de pe scaun şi mergând spre ieşire.

-Îmi place cum gândeşti! îi spune Duncan zâmbitor, şi îşi pune o mână în jurul taliei ei până la ieşire, după care, simţindu-i încordarea, şi-o retrage.

În scurt timp, sunt deja la masă şi savurează preparatele gustoase din micul restaurant din apropierea firmei.

-Lucrezi de mult timp aici? îl întreabă Rachel curioasă.

-De câţiva ani, oricum, dinainte ca Chase să preia conducerea firmei. Îmi place ce fac, dar şi mediul de lucru şi colegii. Chase ne tratează pe toţi ca pe nişte prieteni, iar noi apreciem asta.

-Ce poţi să îmi spui despre Lewis Howles,

celălalt prieten foarte bun al lui Chase? Sper că nu te deranjează că întreb...

-Deloc. Este inginer urbanist şi desigur că lucrează cu noi, însă momentan e plecat cu treabă. Îl cunoşti de mult timp?

-Da, oarecum! Ştiu doar că el şi Chase se înţelegeau foarte bine... mai spune Rachel, aducându-şi aminte cu drag de Lewis.

-Da, aşa e! Şi acum se înţeleg. De multe ori râdem toţi trei de faptul că eu şi Chase suntem burlacii trioului nostru. Lewis e singurul căsătorit dintre noi. Are o soţie foarte drăguţă şi se vede că se înţeleg foarte bine, sunt un cuplu reuşit, zice Duncan zâmbind.

-Asta e foarte bine, dar eu credeam că Chase e căsătorit! Acum doi ani era logodit, de asta spun, zice Rachel, amintindu-şi de suferinţa prin care a trecut când aflase.

-Înseamnă că nu vorbim despre acelaşi Chase. Cel pe care îl ştiu eu nu e însurat şi nici să fi fost logodit nu ştiu.

-Eşti sigur? îl întreabă Rachel dintr-o dată, pălind.

-Da. Eşti bine? Ai devenit cam serioasă dintr-o dată, spune Duncan serios, privind-o întrebător.

-Îmi cer scuze, nu am nimic. Sunt doar puţin surprinsă, atât! zice Rachel, simţind că are nevoie de o gură mare de aer, dar şi de singurătate.

-L-ai cunoscut bine pe Chase? întreabă

Duncan curios.

În momentul în care Rachel vrea să îi răspundă, ușa se deschide, și Chase apare în restaurant, împreună cu Isabelle.

-Bună! Ne primiți și pe noi la masa voastră sau vreți să fiți singuri? întreabă Isabelle zâmbitoare, punându-și mâna pe brațul lui Chase.

-Eu tocmai am terminat de mâncat. Mă întorc la firmă, mai am câte ceva de făcut, răspunde Rachel, ridicându-se în picioare.

-Și eu am terminat, zice Duncan, ridicându-se, la rândul lui, de pe scaun.

-Poftă bună! mai spune Rachel, înainte să se îndrepte spre ieșire. Nu mai poate sta acolo, vrea să evite cât mai mult anumite persoane.

Duncan o urmează, în timp ce Isabelle îl privește curioasă pe Chase.

-Se pare că micuța ta protejată nu agreează prezența noastră... spune Isabelle. Se așază și cercetează meniul, privindu-l discret pe bărbatul seducător din fața ei, bărbatul pe care trebuie să îl aducă în final alături de ea. Doar face atâtea eforturi pentru asta, de atâta timp. Mai devreme sau mai târziu, Chase Burke va fi al ei, doar al ei.

-Nu e micuța mea protejată, iar faptul că are de lucru e adevărat... poftă bună, Isabelle, zice Chase, strângând ușor furculița în mână. Nu știe ce i-a venit, însă ceva în el reacționase când l-a văzut pe Duncan că o conduce pe Rachel, ținându-și brațul în jurul ei. E o nebunie, nu poate să-și piardă cumpătul așa, Rachel nu mai înseamnă nimic pentru el. Nu are niciun drept asupra ei. Și totuși... partea aceea irațională din el aproape că îl făcea să meargă la ei și să-i spună prietenului său să-și ia mâinile de pe Rachel, dacă nu cumva să i le ia chiar el.

-De ce am impresia că tu și Rachel vă cunoașteți de mai demult? întreabă Isabelle curioasă.

-Ai dreptate. Am locuit la mică distanță unul de celălalt pe vremea când încă nu plecase din Detroit. Ea era la liceu, eu eram la facultate și deci, nu e o diferență mare de vârstă între noi, îi răspunde Chase scurt, nevrând să ofere detalii. Treburile lui personale sunt doar ale lui și nu permitea nimănui să deschidă subiectul legat de ea.

-Ați fost doar vecini? insistă Isabelle, observând că lui nu i-a căzut bine să vorbească despre asta.

-Isabelle, ești o colegă pe care o apreciez foarte mult, însă sunt unele lucruri despre care nu vreau să vorbesc, așa că te rog să accepți asta, îi răspunde Chase, privind-o cu hotărâre. Pe deasupra, se mai simte și puțin nervos, și parcă nici poftă de mâncare nu mai are.

În următoarele ore, Rachel încearcă să se concentreze la ce are de făcut, însă gândurile îi zboară uneori la persoana cea mai puțin indicată. Chase arăta atât de în largul lui alături de Isabelle. E normal să fie așa. Măcar dacă Isabelle i-ar fi spus în față că sunt împreună, în loc să îi dea sfaturi despre cum să își păzească inima de unul ca Chase. În privința asta nu avea nicio îndoială: lucrase și lucra în continuare, pentru a ieși învingătoare. Mai era și ceea ce îi spusese Duncan. A pus-o puțin pe gânduri, însă trebuie să își regăsească echilibrul interior. Numai așa poate să fie puternică pentru ea, dar și pentru Leon, prințul ei frumos și dulce, singurul care o va iubi mereu și nu o va dezamăgi niciodată. Gândurile îi sunt întrerupte de soneria telefonului, semnalând faptul că Chase o cheamă în biroul lui. Rachel se ridică de pe scaun și, cu dosarul cerut în mână, bate la ușă. Aude imediat vocea lui autoritară.

-Intră!
Rachel deschide ușa și intră încet în birou. Îl vede pe Chase stând pe scaunul directorial și încearcă să nu se mai facă mică în sinea ei. Nu e normal să se simtă atât de intimidată de fiecare dată când intră în biroul lui.
-Ți-am adus dosarul, îi spune, punându-l pe masă.
-Ia loc, zice el, luând dosarul în mână în timp ce o privește discret.
Rachel se așază și așteaptă. Se întreabă oare

ce mai vrea, iar faptul că o priveşte uneori atât de ademenitor, nu poate prevesti nimic bun.

-S-a întâmplat ceva? îl întrebă ea nedumerită.

-Nu. Voiam doar să te anunţ că la începutul săptămânii viitoare mă însoţeşti la licitaţia pentru un contract de construcţie a unei maternităţi. E un contract important şi vreau să câştig licitaţia, îi spune, plimbându-şi privirea pe corpul ei.

-Dar... nu am mai fost la o licitaţie până acum... îi spune Rachel, sperând că el va renunţa la idee.

-Nu-i nimic, pentru orice există prima dată, nu-i aşa? o întreabă Chase, cu un zâmbet în colţul buzelor. O privea de parcă ar fi vrut să stârnească ceva în ea şi să o provoace. Şi să-i aducă aminte...

-Isabelle e mai informată decât mine în ceea ce priveşte firma, aşa că poţi să mergi cu ea, răspunde Rachel, cât poate ea de calmă, strângându-şi mâinile deasupra genunchilor, încercând să ignore dublul sens al vorbelor lui, dar şi faptul că respiră cu greutate. Simte nevoia să se ascundă de el, însă cum acest lucru nu e posibil, trebuie să-i arate că este mai puternică de atât. Cum poate fi atât de cinic încât să facă referire la greşeala pe care o făcuse?!

-Cu ocazia asta te vei familiariza cu unele lucruri din firmă, de asta vreau să mă însoţeşti.

Sau poate preferi să te trimit la licitație cu Duncan? Se ridică de pe scaun și vine lângă ea, nemaiputându-se stăpâni.

-Ce vrea să însemne asta? întreabă Rachel, ridicându-se la rândul ei de pe scaun. Se simte tot mai iritată de atitudinea lui.

-Crezi că nu am văzut cum te privește Duncan? Ce ai de gând, Rachel, să ne iei pe toți la rând? Ar trebui să fii mai responsabilă, doar ai iubit, nu? zice el, luând-o de braț și apropiindu-se de ea.

-Nu știu ce părere ai tu despre mine și nici nu mă interesează, dar nu îți permit să mă tratezi în felul ăsta! îi spune ea lovindu-l.

-Asta îmi aduce aminte că mi-ai făcut același lucru atunci când te-am sărutat prima dată. Nu pot să nu mă întreb cum ar fi să fac asta din nou... îi zice Chase, și o lipește brusc de el, lucru la care ea nu se aștepta.

-Ar trebui să mă lași să plec! Atitudinea asta a ta nu îți va aduce nimic bun! îi răspunde ea încercând să-l dea la o parte. Își pune palmele pe pieptul lui, simțind o arsură pe piele când o face.

-Nu te las să te distrezi pe seama prietenului meu! Dacă te mai văd în preajma lui sau a oricărui alt coleg te concediez rapid, fără alte explicații, și același lucru îl voi face și în privința oricărui nefericit care te privește altfel decât ca pe o colegă, zice Chase, punându-și mâinile pe umerii ei.

-Serios? Eşti în stare să mă ameninţi cu asta? De fapt, nu ar trebui să mă mai mire nimic în ceea ce te priveşte! Nu că ar fi treaba ta, dar eu şi Duncan luam prânzul împreună, la insistenţele lui. Nu i-ar fi spus nimic, însă nu voia ca Duncan să fie concediat fără să fie vinovat de ceva.

Chase îşi apropie periculos de mult chipul de al ei, vorbindu-i în şoaptă.

-Sunt capabil de orice pentru a proteja buna imagine a firmei mele şi nu am să-ţi permit să îmi aduci vreun prejudiciu prin comportamentul tău îndoielnic. Şi acum... îi spune el, prinzându-i bărbia între degete, oricât de mult aş fi tentat să fac asta... adaugă Chase în timp ce îi mângâie buza inferioară, nu am să iau ceva ce aparţine altcuiva... ne vedem luni, Rachel...

Văzându-i scânteia periculoasă din privire, Rachel se trage de lângă el şi îl priveşte şocată, înainte să plece cât mai repede din biroul lui. Îşi ia geaca şi geanta de pe cuier, şi pleacă spre casă. Tot drumul îşi simte nervii întinşi la maximum. Singura concluzie logică la care poate ajunge în cazul lui e că Chase Burke este nebun de-a binelea. Nu mai întâlnise un astfel de comportament la nimeni, iar asta o pune pe gânduri. În orice caz, nu a mai rămas în el nicio urmă din cel care fusese altădată, în vremurile în care ştia să fie amabil şi drăguţ, cel puţin până în momentul în care îşi încălcase promisiunile.

SUFLETE PERECHE

Din acel moment, tot ce simțea pentru el s-a transformat în ură și dispreț, lucruri pe care avea de gând să le păstreze neschimbate. Adică, ce fel de om se poartă astfel, emițând ipoteze false despre lucruri care oricum nu îl privesc? O voce interioară îi spunea că e posibil ca el să fi avut o criză de gelozie extremă și nejustificată. Ei bine, Chase Burke poate să facă ce vrea, numai să o lase în pace. Nu are de gând să-l lase să îi distrugă echilibrul pe care muncise atât de mult să și-l restabilească, departe de el.

Chase își desface nodul la cravată. Simte o senzație de ușoară sufocare. Și totul din cauza acelei femei, care l-a adus în starea asta extremă. Aproape că nu se mai recunoaște. Merge până în dreptul ferestrei, inspirând aerul rece, de iarnă, încercând să se mai liniștească. Până și lui i se pare că exagerase, însă nu a mai reușit să se stăpânească. Face asta numai pentru imaginea firmei sau este ceva mai mult de atât? Își trece nervos o mână prin părul blond, gândindu-se că nu e posibil să se simtă gelos. Acela e un sentiment pe care, la fel ca dragostea, nu mai merită să-l ofere nimănui. Erau lucruri pe care i le oferise numai ei, pentru o scurtă perioadă de timp, însă în prezent nici ea nu le mai merită, nu după ce i-a făcut. Nu după ce a plecat din viața lui acum doi ani, fără nicio explicație. Rachel putea să fie mândră de ea: îl lăsase lipsit de orice emoție, ceea ce este cu atât mai bine pentru el, doar și-a promis să nu mai simtă nimic pentru nicio femeie. Poate foarte bine să fie în centrul atenției lor fără să le ofere ceva în schimb, ceva care să îl implice emoțional. Îi fusese foarte bine până acum, nu vedea de ce nu ar fi la fel de bine în continuare. Reîntoarcerea ei în oraș nu avea să schimbe nimic. Își ia sacoul de pe scaun; merge spre casă, conducând cu viteză pe străzile orașului. Odată ajuns, bea vreo două pahare de whisky, doar avusese o zi agitată. Numai pentru câteva clipe își amintește felul în care îl privise Rachel: cu teamă și transmițându-i, parcă, faptul că nu e vinovată de acuzațiile pe care i le aduce. Mai ia o înghițitură din băutura puternică, sperând că astfel își înghite și remușcările în privința ei, remușcări pe care ea nu le merita.

Rachel îl schimbă pe Leon, privindu-l cu drag. Speră să nu semene vreodată prea mult cu tatăl lui, nici la înfățișare, și nici la caracter. Va avea grijă să îl educe astfel încât să devină un bărbat onorabil, care va ști să își țină promisiunile. Îi va oferi toată dragostea ei, dar și alte lucruri de care ea nu a avut parte. Nu e nerealistă, știe că, la un moment dat, băiețelul ei va simți lipsa tatălui în viața lui, însă va încerca să îl iubească cât pentru doi. O revelație îi provoacă, însă, un sentiment neplăcut. Trebuie să se mai gândească la ce îi va spune fiului ei când acesta o va întreba despre tatăl lui. Un lucru e cert: îi va spune orice, numai nu adevărul.

Capitolul IV

Rachel s-a întins pe canapea, ținându-l pe Leon pe abdomenul ei. Zâmbește și se joacă alături de prințul ei, care este la fel de zâmbitor. În timp ce îi ține mânuțele într-ale ei, Rachel privește pe fereastră. Ninge atât de frumos, iar fulgii aceia de zăpadă îi dau o stare melancolică. Mai sunt doar câteva zile până la Crăciun, iar orașul e luminat și decorat de sărbătoare. Își amintește că trebuie să împodobească bradul în dimineața asta, profitând de weekend. Își sărută fiul și îl așază apoi în micul țarc pe care i-l cumpărase, privindu-l cu drag cum stă printre jucării, atât de cuminte și de frumos. El este bucuria ei din fiecare zi, iar când îi zâmbește și îi strânge degetul în mânuța lui, o face să i se topească inima. Nu poate exista un sentiment mai frumos decât acesta, e sigură de asta. Rachel clipește des pentru a-și opri emoția să se materializeze în lacrimi, apoi merge să împodobească bradul aflat în sufragerie. Ia globurile din cutie și le pune unul câte unul pe câte o ramură a bradului. Pune apoi beteala de jur-împrejur, iar apoi își ia din nou fiul în brațe, și, cu ajutorul lui, pune steaua în vârf, simțind cum lacrimile îi încețoșează privirea. Era primul an în care urmează să fie numai ei doi de Crăciun, iar asta o întristează puțin. Anul trecut o mai avea pe bunica ei aproape, însă ea nu mai era, iar sentimentul de singurătate o copleșea uneori, la fel ca amintirile pe care inima ei se încăpăţâna să le scoată la iveală, amintiri frumoase, dar atât de inutile în momentul actual. Erau lucruri pe care ar fi vrut să le țină încuiate pentru totdeauna, lucruri pe care le-a trăit alături de Chase, singurul bărbat care a făcut-o să își piardă rațiunea. Își strânge ochii, să alunge toate acele lucruri din mintea ei, cel puțin deocamdată, apoi îi deschide, admirând rezultatul. Ea și Leon au un brad frumos și strălucitor și își spune că va face tot posibilul să fie la fel în fiecare an. Abia așteaptă să vină Melania în vizită și să mai stea de vorbă, dar și să îi facă niște fotografii alături de fiul ei, lângă bradul împodobit. Îi place să aibă amintiri materializate în fotografii, pe care să le poată vedea oricând dorește.

Rachel îl duce pe Leon în pătuț, în camera lui, pentru ca el să poată dormi. Revine apoi în sufragerie, începând să o decoreze. Pune în dreptul ferestrei o decorațiune ce reprezintă niște lumânări aprinse, iar la ușă agață o coroniță din conuri de brad care are și o fundiță roșie. Prinde apoi niște beteală de perdele, după care așază în diverse locuri din sufragerie tot felul de figurine reprezentând reni, elfi, chiar și un Moș

Crăciun. Caută apoi cu entuziasm într-o pungă cadoul pentru Leon. Speră să-l vadă zâmbind când i-l va dărui în dimineața de Crăciun. Zâmbetul lui urma să-i semnaleze că îi place ce i-a cumpărat, iar asta e răsplata mult așteptată de ea. Ia pachetul frumos ambalat și îl pune sub brad, abia așteptând momentul în care urmează să i-l dăruiască. Niște bătăi ușoare o trezesc din euforia pe care o simte.

-Rachel, sunt eu! Deschide!
Rachel se ridică de lângă brad și merge să deschidă.
-Bună, Mel! Intră, îi spune ea îmbrățișând-o.
-Bună, Rachel! În sfârșit am reușit să ajung. Ai văzut cum ninge? o întreabă Melania, îmbrățișând-o la rândul ei.
-Da, și e frumos, atunci când ești în casă și vezi asta, îi zice ea zâmbind. Ia loc și spune-mi ce vrei să-ți aduc.
-O ciocolată caldă ar fi perfectă, îi spune Melania, lăsându-și paltonul pe cuier. Merge apoi spre canapea, admirând felul în care prietena ei a decorat totul.
-Cum e drumul până aici, nu a început să fie alunecos?
-Încă nu, dar cine știe, dacă se depune zăpada, va fi. Noroc că stăm aproape una de alta și nu am mult de mers până acasă. Ai făcut o treabă bună aici, să înțeleg că ai avut ajutor la

împodobit? o întreabă Melania zâmbind.

-Da, am avut cel mai bun ajutor! îi răspunde Rachel, aducând cănile cu ciocolată caldă şi punându-le pe masă.

-Presupun că acum doarme din cauza efortului, spune Melania, luând cana în mână, încălzindu-se.

-Da, aşa e! Oricum trebuie să doarmă multe ore pe zi, zice Rachel, aşezându-se lângă prietena ei.

-O, îmi place cum te emoţionezi de fiecare dată când vorbeşti despre băieţelul tău!

-E atât de evident?

-Da. Eşti o mamă minunată, oricine poate vedea asta! Îţi dai seama, în curând vă veţi putea juca împreună, afară, în zăpadă, spune Melania zâmbitoare.

-Da, va fi frumos, dar până atunci vreau să profit de clipele astea, când e atât de mic! Sunt lucruri care se întâmplă numai o dată, zice Rachel melancolică.

După alte două ore de discuţii, Melania pleacă, iar Rachel se întinde pe canapea, cu o carte în mână. Îi plac momentele astea de relaxare, în care simte că nimic rău nu se poate întâmpla, iar liniştea pune stăpânire în sfârşit pe sufletul ei. Întoarce paginile, fascinată de povestea de dragoste pe care o citeşte. Când era adolescentă, visa la o iubire puternică, frumoasă, capabilă să învingă totul, însă acum era o femeie adultă și trebuia să fie mai matură de atât. Avea o responsabilitate importantă de care trebuia să țină cont și nu mai putea să viseze la povești nemuritoare. Și totuși, nu dorise niciodată să crească, să se maturizeze, să fie nevoită să își zăvorască sufletul, pentru a se proteja de realitatea care o aștepta în afara casei sale. Inima îi fusese frântă în milioane de bucățele și timp de doi ani încercase să refacă ceva din ea, adăugând indiferență și detașare. Prefera ca ceilalți să o considere arogantă, decât slabă, și decât să mai fie ținta răutăților lor. Nu avea nevoie de oameni pentru a se simți mai bine, sau nu de toți. Mai bine să aibă mai puțini prieteni, decât mulți și nepotriviți cu felul ei de a fi.

Gândurile încep să o ducă departe, din nou, spre acea perioadă din viața ei în care decăzuse atât de mult, dând crezare unor vorbe frumoase și unui băiat frumos, blond, cu ochi căprui, care îi schimbase viața în atâtea moduri. Simte că, revăzându-l pe Chase, viața o pune din nou la încercare, iar ea trebuie să fie mai puternică decât a fost până acum. Totuși, o voce interioară îi șoptește că nicicând nu s-a simțit mai apreciată și mai frumoasă, ca în perioada în care el i-a fost alături. Nervoasă, își șterge o lacrimă care amenință să-i alunece pe obraz. Până când o să mai sufere, amintindu-şi de el? îşi spune ea, ridicându-se de pe canapea şi mergând să bea un pahar cu apă. Chase nu e decât un ticălos, un băiat rău, care a folosit-o şi apoi a părăsit-o. A făcut-o să cunoască fericirea, numai pentru ca mai apoi să o lase pradă agoniei. Cum este posibil să urască un om, dar în acelaşi timp să-şi aducă aminte de el. Se simte trădată de ea însăşi, aşa cum a ajuns să se urască pe sine pentru că o parte din ea tânjeşte după dragoste, după tot ceea ce trăise alături de el până când îi aflase adevărata fire, dincolo de masca iubitoare şi falsă. Zi după zi, are aceleaşi procese de conştiinţă extenuante, duce un război cu sine însăşi. Singurul lucru care o ajută să meargă înainte este frumosul ei Leon.

Soneria o întrerupe din gânduri. Probabil Melania o fi uitat ceva. Deschide uşa fără să se mai uite pe vizor. Nu mică îi e mirarea când îl vede în prag pe Chase care pare furios, periculos şi o priveşte cu determinare.

-Ce fel de femeie eşti?! o întreabă el, intrând în casă pe lângă ea. O prinde de umăr şi o strânge cu putere, privind-o furios.
-Dă-mi drumul! Nu ştiu ce e cu tine, dar nu poţi veni în casa mea şi să-mi vorbeşti aşa! îi spune ea indignată, susţinându-i privirea.
-A, nu ai nicio idee, spui? Ce spui de asta: ştiu totul, Rachel, îi zice el, privind-o atotştiutor.

-La ce te referi? îl întreabă ea cu voce tremurândă.

-Uită-te la asta! Chase ia mâna de pe ea, scoțând un dosar din valiza pe care o are în mână și punându-i-l în brațe.

-Ce e asta? îi zice Rachel, nedumerită de atitudinea lui.

-Deschide-l și ai să vezi, îi răspunde Chase privind-o neîndurător.

Rachel deschise dosarul, iar bănuielile pe care le avea mai devreme i se confirmă.

-Așa e, Rachel! Știu. Când aveai de gând să-mi spui? Cât mai credeai că poți să-mi ascunzi asta? Leon e copilul meu, și dacă ai impresia că nu voi reacționa la treaba asta, te înșeli amarnic.

Rachel își simte ochii plini de lacrimi. Parcă nu mai are aer, iar lumea se învârte în jurul ei. Nu poate fi adevărat, pur și simplu nu poate. Se lasă să cadă pe canapea, închide dosarul și se uită în jos, neîndrăznind să-l privească. Chase pare un leu dezlănțuit și aproape că îi inspiră teamă. Tot ceea ce spera să nu i se întâmple, i se desfășura în fața ochilor, iar ea nu avea nicio putere să oprească. Dosarul conținea rezultatul testului ADN efectuat cu numai câteva zile în urmă, rezultat care confirma faptul că Leon era copilul lui Chase. Timp de câteva minute, niciunul dintre ei nu scoate vreun cuvânt. Atmosfera era încărcată și tensionată.

-Leon e copilul meu, Chase! Doar al meu, și îți interzic să te apropii de el, spune Rachel într-un târziu, când își găsește puterea să vorbească.

-În privința asta pot să te contrazic cu ușurință. Eu sunt tatăl lui Leon și intenționez să profit din plin de lucrul ăsta și să-mi exercit toate drepturile asupra lui.

-Nu am... nu avem nevoie de nimic din partea ta. Nu vreau nici măcar pensie alimentară, așa că nu trebuie să te deranjezi în vreun fel. Poți foarte bine să te prefaci că dosarul ăsta nu există, îi spune Rachel privindu-l, simțindu-se puțin speriată, fiindcă Chase o privește cu o duritate prin care îi transmite că e capabil de orice.

-Nu ai idee cât de mult vreau să mă deranjez în privința fiului meu, Rachel. Ascultă-mă bine, fiindcă nu am să repet toate astea: mă vei lăsa să îmi vizitez fiul de câte ori vreau și, de asemenea, să-l iau la mine acasă de fiecare dată.

-Nu am de gând să permit așa ceva! Tu nu însemni nimic pentru noi! spune ea, simțindu-și inima sângerând. Urăște faptul că el o aduce din nou într-o stare aproape isterică.

-Foarte bine, din moment ce nu vrei să fii rezonabilă, atunci te voi târî prin tribunale și voi obține custodia totală a fiului meu.

-Nu ai fi capabil de așa ceva! În plus, justiția dă câștig de cauză mamei, așa că... îi spune Rachel pe un ton superior, ridicându-se de pe canapea.

-Serios? Chiar vrei să jucăm jocul ăsta? Crezi că vei avea câștig de cauză, tu, ca mamă singură și fără slujbă?

-Ai de gând să mă concediezi? îl întreabă, sperând că el nu îi observă vocea tremurătoare.

-Ai vreo îndoială în privința asta? o privește el insinuant. Am de gând să fac tot ce îmi stă în putință pentru ca fiul meu să fie prezent în viața mea și alături de mine, spune, apropiindu-se de ea.

-Iar eu am de gând să împiedic asta. Nu meriți, Chase. Nu te vreau în prejma copilului meu. Leon e al meu, doar al meu, îi zice Rachel, fulgerându-l cu privirea.

-Te înșeli, Rachel! spune Chase, luând-o de încheietura mâinii. Nu l-ai făcut singură! Vrei să-ți aduc aminte cum am conceput împreună acest copil? adaugă, lipind-o de corpul lui puternic și viguros, apropiindu-și buzele la câțiva milimetri de buzele ei.

Rachel își întoarce chipul, simțindu-i răsuflarea pe obraz. Încearcă să fie puternică, deși îi vine să plângă. Cum îndrăznește să îi facă asta, să îi aducă aminte de ceva ce fusese atât de important pentru ea?!

-Dă-mi drumul! Jocurile tale sunt total neinspirate și dezgustătoare, Chase! îi zice Rachel, zbătându-se să se elibereze din brațele lui, fără să reușească. Ticălosul o lipise cu totul de el, făcând-o să-l simtă și să se tulbure.

-Ai să stai cuminte în braţele mele şi ai să mă asculţi până termin tot ce am de spus, Rachel. Nu ai altă soluţie, şi doar nu vrei să îl trezeşti pe Leon...

-Spune odată şi apoi dă-mi drumul, Chase! Scuteşte-mă de dezgustul pe care îl simt în momentele astea... îi spune ea pe un ton şoptit, privindu-l cu ură.

-Te dezgust? De asta tremuri aşa şi ai pulsul accelerat? Ei bine, află că nu te cred şi nici nu-mi pasă. Ca să vezi ce băiat de treabă sunt, îţi ofer următoarea variantă: dacă vrei să nu ajungi în situaţia de a nu-ţi mai vedea copilul vreodată, te căsătoreşti cu mine şi faci tot ce îţi cer, timp de doi ani. E timpul pe care ţi-l cer pentru a încerca să-ţi repari greşeala pe care ai comis-o faţă de mine, greşeala de a-mi ascunde că am un copil, un fiu. După ce expiră perioada de doi ani, îţi redau libertatea, numai dacă reuşeşti să mă convingi că meriţi asta, iar apoi mă laşi să îmi văd fiul oricând doresc, îi spune, şoptindu-i la ureche acel ultimatum şi făcând-o să tremure tot mai puternic.

-Şi dacă nu sunt de acord? Dacă vreau să luptăm pentru Leon cinstit, prin intermediul avocaţilor? îl întreabă, simţindu-se încolţită. Nu îi vine să creadă în ce postură o pune Chase cu jocurile lui nebuneşti.

-Opţiunea aceea tocmai a căzut, Rachel. Varianta căsătoriei mi se pare şi mai bună pentru a te face să plătești pentru păcatele tale.

-Nu poți să faci asta! Nu poți să mă șantajezi în felul ăsta! Pur și simplu nu poți! îi spune Rachel, lovindu-l în piept cu pumnii ei mici.

-Pot și o voi face. Vei juca rolul soției perfecte, atât în societate, cât și în intimitate și mă vei convinge prin toate mijloacele că meriți să faci parte din viața lui Leon. Crede-mă când îți spun că îți fac o favoare! îi mai zice Chase, și îi prinde pumnii în palmele lui, desfăcându-i și lipindu-i palmele de pieptul lui, ținându-le acolo, făcând-o să-i simtă corpul prin materialul cămășii.

-Ești nebun! Mă șantajezi, iar asta nu e normal! Chase, trebuie să fii rezonabil... îi spune ea, simțindu-i inima bătând, chiar și prin haine.

-Sunt la fel de rezonabil cum ai fost și tu când te-ai decis să-mi ascunzi asta. Te voi face să mă urăști, așa cum te urăsc eu în momentele astea, Rachel. Ai să regreți fiecare clipă în care m-ai făcut să sufăr, îți promit...

-Te urăsc deja, Chase, nu mai trebuie să faci nimic pentru asta! Ce speri să obții cu toate astea? îl întreabă ea, privindu-l cu mândrie.

-Vreau să câștig... și vreau să te fac să suferi, Rachel! A! Cât despre presupusul tău iubit, poți să nu te mai ostenești să minți, știu că nu există.

-Aș putea merge la poliție, să spun că mă șantajezi...

-Da? Și pe cine vor crede: pe tine, o mamă

singură, sau pe mine, un om de afaceri de succes? o întrebă Chase, lipindu-se de obrazul ei, testând-o, dar testându-se și pe sine. Îi simțea corpul lipit de al lui, iar asta îl înnebunea.

Rachel se retrage, privindu-l nedumerită. Nu știa ce i-a venit. A început să o amenințe, pentru ca mai apoi să se apropie astfel de ea. Știa că el are dreptate, nimeni nu i-ar asculta denunțul.

-Pot să mă mai gândesc la asta? întreabă, știind că e oricum o chestiune de timp până îi va da răspunsul așteptat.

-Poți să te recunoști învinsă, Rachel. Între timp eu mă duc să-mi iau fiul în brațe, o avertizează el, lăsând-o în mijlocul camerei, plină de întrebări fără răspuns.

Rachel îl urmează grăbită. Nu vrea ca Chase să-și pună mâinile pe băiețelul ei, însă sub ochii ei, chiar asta se întâmpla. Tatăl își ia fiul în brațe, fără ca ea să se poată opune.

-Pune-l în pătuț chiar acum. Nu știi cum să-l ții și nici cum să te porți cu el. Nu îl meriți.

Chase o privește cu indiferență, în timp ce îl ia Leon în brațe așa cum știe mai bine. Micuțul deschide ochii, dar nu începe să plângă, ci îl privește curios. Pentru Rachel, asta e mai mult decât poate suporta. Dacă mai pune la socoteală și tandrețea pe care a văzut-o pe chipul lui Chase în timp ce își privea fiul, simte că e pe cale să aibă o criză serioasă de plâns, dar asta numai când va rămâne singură.

Chase se simte copleșit. Ființa aceea mică îi zâmbește și îi dă impresia că poate să facă orice, că e mai puternic decât fusese până în clipa aceea. Încă de când a aflat vestea, viața i-a fost dată peste cap, dar într-un mod atât de surprinzător de plăcut. Fiul lui are trăsături atât de asemănătoare cu ale lui și este atât de frumos. Nici nu-i pasă că Rachel îl vede în momentele acestea. Simte lucruri mai puternice decât să-i pese de supărarea ei. Îi mângâie cu blândețe obrăjorii micuțului Leon, simțind o durere mai puternică decât ar putea să recunoască. Îl doare că nu a știut de existența lui, că nu l-a ținut în brațe încă din momentul în care s-a născut, așa cum ar fi trebuit. Îl doare faptul că femeia aceea înnebunitoare plecase fără vreo explicație din viața lui, nepermițându-i să aibă parte de toate astea. Rachel plecase ca și când nimic din ceea ce existase între ei la un moment dat nu s-ar fi întâmplat. Furia și neputința pe care le simte sunt de nesuportat. În același timp, însă, nu-i vine să-și lase fiul din brațe și clipește des pentru a-și opri lacrimile care îi stau în ochi. Urma să îi dea o lecție de neuitat femeii care îi împietrise inima. Rachel vine lângă ei, încercând să-l ia pe Leon în brațe, însă Chase nu îi permite.

-Știi ce ai de făcut dacă vrei să-l mai vezi

vreodată! îi spune el privind-o neîndurător, apoi merge spre pat și se întinde alături de Leon.

-Doar nu ai de gând să dormi aici, lângă el. Eu fac asta și toate celelalte lucruri. De acord, ești tatăl lui, dar nu vreau să mi-l iei, îi spune Rachel, gândindu-se că nu vrea ca Leon să ajungă să-l iubească pe Chase și nici să-i ia locul în inima lui. Nu ar fi suportat asta.

-Dacă nu îți place ce vezi, poți să dormi pe canapea, nu am nimic împotrivă. Nu vreau să risc să plec de aici, iar tu să fugi cu fiul meu din oraș, doar ești expertă în a fugi atunci când lucrurile devin complicate, nu-i așa? îi spune Chase, făcând aluzie la faptele ei de acum doi ani.

-Nu îți permit să faci toate astea, m-ai înțeles? îi zice ea, ridicând tonul, spre amuzamentul lui. Chase zâmbește, arătând spre micuț.

-Nu ai idee câte lucruri ai să-mi permiți, Rachel. Ăsta e doar începutul. Ține minte asta, îi spune el, lipindu-l pe Leon la pieptul său. Simte deja cât de mult îl iubește, aproape la fel de mult cât a ajuns să o disprețuiască pe cea care îl născuse pe frumosul din brațele lui. Lucrurile trebuie să fie cu totul altfel, nu așa, însă Rachel a complicat totul. Nu e mare lucru, doar urmează să savureze totul, până se va simți sătul să se răzbune.

Rachel rămâne fără replică și iese din

cameră, liniștită doar de gândul că el nu îi va face vreun rău lui Leon, oricât de mult ar fi urât-o pe ea. Merge în sufragerie și se așază pe canapea, luându-și capul în mâini. Viața i s-a complicat de pe o zi pe alta, iar ea nu are control asupra lucrurilor care i se întâmplă, lucru de nesuportat. Hotărât lucru, nu fusese vreodată prea răsfățată de către destin, iar acum, lucrurile de care se temea se întâmplă, pur și simplu. Totul se întoarce împotriva ei. Ar vrea atât de mult să doarmă cu Leon, dar, în condițiile date, cum poate să mai intre în camera alăturată? Trebuie să decidă ce va face, și încă repede. Realitatea e că nu poate să lupte în niciun fel împotriva lui Chase. El are dreptate: ea nu e decât o mamă singură și lipsită de apărare împotriva puterii pe care o deține el. E culmea ca tocmai el să-i vorbească despre ispășirea păcatelor. El, care știe prea bine ce i-a făcut și cât de mult a rănit-o. Începe să se învârtă prin cameră, neajungând la niciun rezultat logic. Merge până la bucătărie să ia o pastilă care să o scape de durerea puternică de cap. Gânduri negre încep să o copleșească, în timp ce ține flaconul de pastile în mână, însă le alungă repede. Nu e lașă, nu se va da bătută atât de ușor, să-l lase să câștige, iar prințul ei frumos să rămână fără ea. Avea de gând să lupte pentru fiul ei cu oricine, inclusiv cu tatăl lui. Rachel își controlează bătăile inimii când intră în camera lui Leon. Văzându-i pe amândoi cum dorm adânc, unul lângă altul, merge spre pat și se așază pe partea cealaltă, stând astfel lângă fiul ei, care e la mijloc, între ea și Chase. Imaginea lui o face să tresară: e dezbrăcat până la brâu, acoperit de la brâu în jos de plapuma groasă, în timp ce cămașa și sacoul îi stau așezate pe spătarul unui scaun. Îi vine să se întoarcă cu spatele la ei, însă în felul acela nu și-ar putea ține băiețelul de mână, lucru pe care dacă vrea să-l facă, trebuie să-l vadă pe Chase, chiar acolo, la câțiva centimetri de ea. Îl ia pe Leon de mână, închide ochii pentru a nu-l vedea pe bărbatul care stă mult prea aproape, hotărând că Chase nu o va putea ține departe de fiul ei, chiar dacă va fi nevoită să îi suporte prezența. Doi ani, se gândește, inspirând adânc. Doi ani și urma să fie liberă. Înghite în sec, dorindu-și cu ardoare ca timpul să treacă repede, foarte repede, iar lucrurile să revină la normal. Respirația profundă a lui Chase în timp ce dormea îi dădea o senzație de iritare crescândă. Cum poate fi atât de liniștit după ce tocmai i-a făcut? În mod sigur, el nu are conștiință. Numai ei îi vine să se întoarcă de pe o parte pe cealaltă, cuprinsă de nervozitate, însă se abține de dragul celui mic. Nu vrea să-l trezească. O speranță copilărească își face loc în mintea ei. Poate că dimineață, când se va trezi, se va dovedi că totul nu fusese altceva decât un coșmar, iar ea va putea să își continue viața în liniște. Neinspirata decizie de a deschide ochii îi reaminteşte, însă, că bărbatul de lângă ea reprezintă o realitate, şi nicidecum una liniştită. Oftând, închide ochii din nou şi încearcă să adoarmă, rugându-se să reuşească să facă asta cât mai repede. Urmau să fie totuşi doi ani lungi, concluzionează ea, tulburată.

Capitolul V

Rachel deschide ochii şi vede că Chase a plecat. Cu atât mai bine, se gândeşte, răsuflând uşurată. Nu poate, totuşi, să nu se întrebe în sinea ei oare unde se află, însă îşi spune că era mai bine să nu se gândească prea mult la asta. Îl îmbrăţişează şi îl sărută pe Leon, după care se ridică din pat. Se schimbă într-o pereche de pantaloni lejeri, lungi şi îşi ia o bluză albă, care îi evidenţiază silueta. Îl schimbă şi pe Leon, iar apoi merge să pregătească micul dejun, în timp ce micuţul se joacă în pătuţ cu diverse jucării. Rachel se uită în frigider şi vede că nu mai are lapte. Încruntându-se, îşi ia paltonul şi deschide uşa, vrând să meargă până la magazinul care se află la mică distanţă de casa ei, pe aceeaşi stradă. Închide uşa, îndreptându-se spre stradă, însă, dintr-o maşină care se afla în faţa casei iese un bărbat îmbrăcat la costum, care o întâmpină. Are în jur de patruzeci de ani, trăsături dure, serioase şi un aspect robust, care denotă forţa.

-Doamnă Burke, am ordine clare să nu vă las să plecați singură de acasă, îi spune bărbatul, privind-o serios.

-Ce înseamnă asta? Cine ești? Și nu sunt doamna Burke! spune Rachel indignată.

-Sunt Gerard Voight, lucrez pentru domnul Chase Burke, iar dumneavoastră veți fi doamna Burke în curând, așa am fost informat.

-Simt că voi înnebuni cât de curând... spune Rachel, inspirând adânc, privindu-l serioasă. Dă-te din calea mea, merg doar până aici, aproape.

-Domnul Burke vrea să evite să luați copilul și să fugiți... îmi cer scuze, doamnă, dar trebuie să vă însoțesc... de asemenea, domnul Burke mi-a lăsat ăsta pentru dumneavoastră, îi spune Gerard, arătându-i un cec. A spus să îl folosiți.

-Îl vezi pe Leon cu mine? Nu am de gând să fug nicăieri și spune-i domnului Burke să mă scutească și să nu-mi mai dea ordine! A! Și mai spune-i că fac asta cu cecul lui! îi zice Rachel, aproape urlând și rupând cecul, sub privirea întrebătoare a lui Gerard. Asta e culmea, asta îmi mai lipsea: să fiu supravegheată! adaugă ea, înaintând pe trotuar, conștientă de faptul că e urmărită îndeaproape de pionul lui Chase.

Grăbește pașii și ajunge imediat la magazin. Își face repede cumpărăturile, dornică să se întoarcă acasă, la fiul ei. Evită să-l lase singur mult timp, însă când nu are de ales, trebuie să facă și asta. Își simte tensiunea tot mai ridicată din cauza noii idei nebunești a lui Chase. Urma să aibă o discuție serioasă cu el pe tema asta. El nu-i poate controla viața după cum dorește.

Rachel se întoarce apoi acasă, nemaischimbând vreo vorbă cu Gerard. Intră imediat în casă, lăsându-și paltonul pe cuier. O privire în direcția fiului ei îi confirmă că e bine. Leon se joacă în continuare în pătuț, iar ea vine și-l ia în brațe, sărutându-l și vorbind cu el. Având în vedere ultimele întâmplări, se simte neputincioasă în ceea ce privește situația ei. Oftând, îl lasă pe Leon din nou în pătuț, apoi revine la pregătirea micului dejun, atât pentru ea, cât și pentru fiul ei. Când termină cu pregătirile, îl așază pe Leon în scaun, dându-i să mănânce, și în același timp mănâncă și ea. Câteva minute mai târziu, Rachel aude vocea Melaniei și merge să-i deschidă.

-Bună, draga mea! îi spune aceasta îmbrățișând-o.
-Bună, Mel! îi răspunde Rachel, răspunzându-i la îmbrățișare.
-Ce e cu starea asta de spirit, ce s-a întâmplat? Și de ce e un bărbat afară, care se plimbă în fața casei tale?
-E o poveste lungă... îi zice Rachel, făcându-i semn să o urmeze. Îl ia pe Leon în brațe, se așază

pe canapea și începe să-i povestească totul.

-Chase și-a pierdut mințile? o întreabă Melania, surprinsă de ceea ce tocmai auzise. Dacă vrei, putem încerca să rezolvăm asta, să mergem la poliție, să facem ceva, nu știu... dar lucrurile nu pot rămâne așa...

-Și eu m-am gândit la asta, dar mi-a spus că un judecător nu va da crezare vorbelor unei mame singure și fără slujbă, fiindcă mi-a zis și că mă va concedia. Vrea să mă lase fără nicio armă pe care aș putea-o folosi luptând împotriva lui, iar un om de afaceri influent ca el nu va avea decât de câștigat... iar mai devreme, când am ieșit din casă, m-am trezit abordată de Gerard. Așa îl cheamă pe omul lui de încredere, spune Rachel ironică, dar îngrijorată. Îți dai seama? Timp de doi ani trebuie să fac ceea ce îmi spune el, să nu mă despartă de fiul meu. Chase e într-adevăr nebun, e în stare de orice. Am impresia că nu l-am cunoscut niciodată cu adevărat...

-E o nebunie... chiar crede că va scăpa cu bine din toate astea?

-Se pare că da. Pe deasupra, mi-a spus că în câteva zile voi deveni soția lui, iar la expirarea celor doi ani în care îmi voi ispăși pedeapsa de a trăi alături de el, îmi va reda libertatea, acestea au fost cuvintele lui. Cred că îmi pierd mințile de tot. Pot să spun că am început să fac asta chiar de azi.

-E groaznic! Spune-mi, cum se poartă cu

Leon? o întreabă ea, curioasă.

-Spre surprinderea mea, foarte bine. Nu mi-am propus ca el să afle despre Leon, iar acum că a aflat, nu credeam că îl va interesa atât de mult. Ba chiar aș fi crezut că nu-l va interesa deloc. Dacă l-ai fi văzut ieri cum își ținea fiul în brațe, ai fi zis că eu sunt personajul negativ din poveste. Mi-am dat seama că este emoționat, deși încerca să nu arate prea mult asta față de mine. E ciudat: pe Leon îl tratează foarte frumos, iar pe mine mă privește de parcă m-ar sfâșia... nu am nicio pretenție de la el, vreau doar să mă lase în pace și să-mi trăiesc viața liniștită, la fel ca până acum...

-Știi ceva? Poate că te-ar sfâșia, dar am impresia că nu ar face-o în felul acela horror la care te gândești... spune Melania, abținându-se cu greu să nu zâmbească.

Rachel tresare, dându-și seama de aluzia prietenei sale.

-Știi ceva? Eu cred că sunt singura dintre noi două care mai are un strop de rațiune, chiar dacă sunt pe cale să o pierd și pe aceea. Te rog, lasă glumele astea și redevino prietena mea pe care mă pot baza... îi spune ea, privind-o cu seriozitate.

-Scuze, spuneam și eu... mi se pare că la mijloc e mai mult decât ceea ce vrea Chase să lase impresia. Asta va fi interesant... zice Melania, zâmbind larg, nemaiputându-se abține.

-Ai luat-o razna, e clar! Tu te amuzi, în timp ce eu sunt tot mai îngrijorată de chestiile astea.

Melania ar fi vrut să mai spună ceva, însă ușa se deschide, iar în sufragerie apare Chase. Este încărcat de pachete, pe care le lasă pe masă, în fața lor. Are zăpadă pe paltonul negru, de care scapă imediat, lăsându-l pe scaun, lângă canapea.

-Bună, Melania! E mereu o plăcere să te văd, îi spune el galant, zâmbindu-i larg.

-Bună, Chase! A trecut ceva timp... îi răspunde Melania, ridicându-se de pe canapea.

-Bună, Rachel! o salută el, privind-o cu seriozitate.

-Bună... îi spune ea, observând că expresia feței lui se schimbase. Dacă Melaniei îi zâmbise, în momentul în care și-a îndreptat privirea asupra ei, a devenit serios, afișând o expresie impersonală. Asta numai cât timp a crezut că numai ea observă asta, fiindcă, odată ce își amintește că Melania este de față, îi surâde, venind lângă ea și sărutând-o în treacăt pe obraz, imitând gestul unui îndrăgostit.

-Presupun că ai aflat veștile bune, Melania. Rachel și cu mine urmează să ne căsătorim în câteva zile, spuse el, înlănțuindu-i talia cu brațele. Nu poate decât să spere că joacă teatru foarte bine, păcălind-o pe Melania.

-Da... felicitări! spune Melania, ascultând semnalul mut din privirea prietenei sale.

-Nici nu mai trebuie să spun că ești invitata de onoare la acest eveniment fericit... îi zice Chase, apropiindu-se mai mult de Rachel. Profită de ocazie pentru a-i stârni acesteia iritarea, fiindcă în acele momente Rachel nu putea reacționa de față cu Melania.

-Sigur... mulțumesc! Eu am lucruri de făcut, așa că vă las... mă bucur că v-am văzut... ne mai vedem, spune Melania, în ciuda privirii rugătoare a prietenei sale.

-Și eu mă bucur. Să ne mai vizitezi, știu că prezența ta o binedispune pe Rachel, nu-i așa, draga mea? spune Chase pe un ton dulce, îmbietor.

Rachel se mulțumește să aprobe printr-un semn. Se teme că dacă spune ceva, izbucnește și va avea o nouă ieșire nervoasă. Se scoate printr-un gest din brațele lui și merge să își conducă prietena, rugându-se să își poată păstra mințile întregi de acum înainte, conștientă de privirea lui cercetătoare.

-Îți spun un singur lucru: ai văzut cum se uită la tine când crede că eu nu observ? Te mănâncă din priviri, nu altceva... îi șoptește Melania, în timp ce o îmbrățișează.

-Imaginația ta bogată nu se potrivește cu slujba de contabilă pe care o ai, draga mea. Ai început să vezi lucruri care nu sunt reale. Eu nu văd lucrurile pe care mi le-ai spus și nici nu mi-ar păsa dacă ar fi așa. Singurul care contează pentru mine e fiul meu. Acum ți-ai găsit și tu să pleci și să mă lași singură cu el, trădătoare mică... îi spune Rachel, încercând să-și regăsească stăpânirea de sine.

-Dar nu rămâi singură cu Chase. E și Leon pe acolo... îi răspunde Melania, zâmbitoare, încercând să redevină serioasă când vede privirea tăioasă a prietenei ei. Gata, plec, plec! Ne mai vedem. Să ai grijă de tine, viitoare doamnă Burke...

-Nu-mi spune și tu asta... îi mai zice Rachel, înainte ca Melania să plece spre casă.

Rachel închide ușa, privind nesigură în jurul ei. Din fericire aude apa la duș, ceea ce înseamnă că mai are câteva minute de liniște până când Chase o să o mai ia prin surprindere cu cine știe ce idei. Merge să îl culce pe Leon, legănându-l încet în brațe, ca de fiecare dată, până când adoarme. Începe să-i cânte concentrată, stând în fața ferestrei, privind din când în când la zăpada care se așternea peste tot, afară. Acesta este unul dintre momentele ei preferate de liniște, alături de prințul ei frumos. Continuând să-i cânte fiului ei, nici nu-l aude pe Chase intrând în cameră. Îl simte la un moment dat în spatele ei, îmbrățișând-o. Este la bustul gol, iar senzația pe care i-o dă e periculoasă și tulburătoare.

-Ce faci? Dă-mi drumul! îi spune ea, moderându-şi tonul, numai de dragul celui mic, care închide ochii, adormit.

-Şşş, doar nu vrei să-l trezeşti... îi şopteşte el, lipindu-şi buzele de urechea ei, făcând-o să tresară.

Rachel înghite cu greu, simţindu-l atât de aproape de ea. Nu poate să permită aşa ceva, nu poate să-l lase să se joace cu ea şi să-i distrugă echilibrul din nou.

-Trebuie să-l pun în pătuţ, îi spune ea, încercând să-l înghiontească în coaste, însă el îi prinde cotul în palma lui, mângâind-o.

-Nu mă întrebi unde am fost? întreabă Chase pe un ton grav.

-Nu mă interesează... îi răspunde ea, întorcându-şi chipul spre el, realizând că greşise. Îi simţea răsuflarea fierbinte pe obrazul ei, iar asta nu era bine deloc.

-Serios? Să-ţi spun atunci ce mă interesează pe mine: l-ai alăptat? Mă refer atunci... când a fost cazul... o întreabă Chase în şoaptă, lipindu-şi buzele de pielea gâtului ei.

Numai imaginea cu fiul său hrănindu-se la pieptul femeii din braţele lui îl face să simtă lucruri pe care nu le mai simţise atât de intens, lucruri pe care le simţise atât de puternic în noaptea aceea de acum doi ani în care o avusese. Conştientizarea acelui fapt îl făcea să simtă senzaţii dulci şi ameţitoare în vintre, sporindu-i reacția fizică pe care o simțea în apropierea ei. Rachel a înghețat. Nu-i vine să creadă de câtă îndrăzneală dă dovadă bărbatul ăsta. Pe lângă faptul că o întreabă lucruri care nu o privesc decât pe ea, o mai și ține strâns lipită de el. Se eliberează din brațele lui, punându-și fiul în pătuț și evitând să-l privească. Pleacă apoi grăbită pe partea cealaltă a pătuțului, spre bucătărie, încercând să scape de prezența lui atât de masculină și de întrebările lui chinuitoare. Îl aude venind în urma ei, în bucătărie.

-Ce s-a întâmplat, am pus doar o întrebare... îi spune el, privind-o, provocând-o.

-Ce am făcut sau ce fac în continuare cu fiul meu e treaba mea. Nu am de gând să-ți răspund la nicio întrebare. Nu meriți, îi spune ea, întorcându-se spre chiuvetă, punându-și un pahar cu apă. Chase încă nu are bunăvoința să-și ia măcar un tricou pe el, iar asta o enervează. Nu este obișnuită cu astfel de lucruri în casa ei. Stă acolo, în fața ei, purtând doar o pereche de blugi, întrebând-o lucruri care ei i se par atât de sensibile.

-Am dreptul să știu tot ce are legătură cu fiul meu, îi zice Chase, venind spre ea. O aduce din nou la pieptul lui, privind-o nemilos.

-Dă-mi drumul! îi spune ea, încercând să-l lovească din nou peste față, însă el îi prinde palma, ținând-o strâns în mâna lui.

-Nu, până nu obțin răspunsurile pe care mi le doresc!

-Ce ai de gând, să mă ții în brațe până atunci? îl întreabă ea indignată.

-Ar fi o variantă... dar dacă vrei să te las în pace, ai să-mi spui ce vreau să știu, îi spune el, apropiindu-se de chipul ei, încercând să vadă adevărul în privirea ei, în timp ce sângele îi curge mai repede prin vene, răscolit de slăbiciunea de care dă dovadă corpul său în ceea ce o privește.

-Da... îi spune ea, închizând ochii, făcând o concesie. Tot ce își dorește este ca el să o lase în pace, să nu o mai țină în brațe.

-Da, ce? o întreabă el, provocând-o, făcând-o să deschidă ochii.

-Da, l-am alăptat. Ești mulțumit acum?! Dă-mi drumul, ai obținut ce ai vrut. Te rog... îi spune ea, renunțând pentru o clipă la orgoliu.

-Sunt departe de a fi mulțumit, Rachel. Plănuiam să te fac să mă rogi niște lucruri, dar nu credeam că o vei face atât de curând... ai să-mi spui totul despre fiul meu, însă acum vreau să știu doar un singur lucru: câți?

-Ești tot mai demn de dispreț, Chase Burke! îi spune ea, furioasă, venindu-i să-l lovească cu toată forța. Câți ce? îl întreabă, amintindu-și întrebarea lui.

Privirile lor se încleștează într-o confruntare care nu lasă loc de armistiții, de pace sau de liniște. Totul este tulburător și confuz, de ambele părți.

-Câți au fost? Câți bărbați ai reușit să mai păcălești în acești doi ani de când nu ne-am văzut? o întreabă Chase, nervos pe el însuși fiindcă așteaptă cu atâta nerăbdare răspunsul. O privește de parcă ar încerca să-i pătrundă în suflet și să-i afle toate secretele.

-Mai mulți decât pot să număr... îi răspunde Rachel, având pentru o clipă satisfacția de a-i vedea scânteia furioasă din privire. Sper că ești tot mai mulțumit, sau mai vrei și alte detalii despre felul în care îi păcăleam? adaugă ea, răsuflând ușurată, gândindu-se că, auzind asta, el o va lăsa în pace.

-Într-una din zile voi simți toate acele detalii pe pielea mea, Rachel, îți garantez asta... îi spune Chase, privind-o cu o cruzime pe care ea nu ar fi crezut-o posibilă.

-Doar nu intenționezi să... mariajul nostru va fi unul de fațadă. Ai spus că îmi vei reda libertatea după doi ani... îi zice ea, începând să tremure ușor.

-Intenționez să-mi exercit drepturile pe care le am asupra fiului meu, dar și drepturile de soț. Dacă mă gândesc mai bine, pot să încep de pe acum... răspunde Chase, privind-o insinuant.

-Să nu îndrăznești! îi spune ea, furioasă, fulgerându-l din priviri. Își întoarce chipul, vrând să-i mai spună ceva, însă el îi capturează buzele într-un sărut tulburător și răscolitor.

Chase își pune mâinile pe talia ei, ridicând-o și așezând-o pe blatul mobilei de bucătărie. Îi prinde mâinile în mâinile lui, pentru a nu-i oferi ocazia să protesteze, în timp ce se ocupă de explorarea buzelor ei, conștientizând dintr-o dată cât de dor i-a fost să facă asta. Realitatea acestui gând îl înnebunește și îl contrariază în același timp. Nu poate să o lase să-l facă să nu mai gândească limpede.

Rachel închide ochii și își strânge buzele. Nu vrea să-l privească și nici să-i vadă pasiunea din privire. Încercarea ei de a rezista acestui asalt neașteptat și tulburător este înfrântă de insistența lui. Îi gustă buzele de parcă s-ar fi hrănit din ele, lăsând-o să creadă că e absorbit de ea. Timp de câteva minute, absolut toată rațiunea ei dispare, lăsând loc impulsului de a-l simți. O parte din ea, aceea pe care luptă să o anuleze, partea care simte totul în preajma lui, își dorește atât de mult să facă asta, să-l simtă, să-i ofere toată ființa ei... însă Chase nu este cel pe care-l crezuse ea la un moment dat. Profitând de faptul că îi eliberează mâinile, ocupat să-i mângâie abdomenul, să-i urce pe trup, Rachel își pune palmele pe pieptul lui, împingându-l de lângă ea. Fuge apoi de lângă el, îndreptându-se spre camera ei. Nu vrea să-l vadă, să-l audă, să-l simtă cum încearcă să o destabilizeze emoțional, pur și simplu. Odată ajunsă în cameră, își pune capul pe pernă, dând frâu liber lacrimilor pe care nu le mai poate stăpâni şi aude, în acelaşi timp, uşa de la intrare deschizându-se şi închizându-se, semn că el a plecat.

Capitolul VI

În ziua următoare, Rachel îl lasă pe Leon în grija Melaniei, iar ea iese din casă, pentru a merge la firmă. Este întâmpinată de Gerard, care coboară imediat din maşină.

-Bună dimineaţa, doamnă Burke! Vă rog să veniţi cu mine. Domnul Burke ne aşteaptă la licitaţie!

-Bună dimineaţa, Gerard! spune Rachel oftând, în timp ce îşi îndeasă mai bine mâinile în buzunarele paltonului. Bine, vin cu tine, dar nu-mi mai spune doamnă Burke, spune-mi Rachel, adaugă ea, încercând să fie amabilă, pentru a-l convinge.

-Mă tem că nu pot să fac asta. Domnul Burke mi-a dat instrucţiuni foarte clare în ceea ce priveşte modul în care trebuie să mă adresez viitoarei lui soţii.

-Dar nu îi voi spune nimic despre asta, replică Rachel, încercând să-şi păstreze controlul.

-Nu mai insistaţi, doamnă Burke. E mai bine să mergem, să nu întârziem, îi spune Gerard, în timp ce îi deschide portiera.

Rachel se încruntă, dar urcă în mașină, știind că oricum nu poate să schimbe ceva. Privind pe geam, se gândea cum va fi să-l vadă din nou pe Chase după ziua de ieri. Amintindu-și cum o sărutase și cum îi simțise mâinile pe trupul ei, roșește imediat. Este atât de confuză în ceea ce îl privește. Chase e atât de greu de descifrat, încât nu mai știe care e adevărata lui față. Un lucru știe sigur: a făcut-o să sufere și nu mai vrea să-i dea ocazia să facă asta. Se concentrează să admire fulgii de zăpadă.

După câteva minute, Rachel ajunge în sala în care se desfășoară licitația. În toată mulțimea aceea de oameni, îl observă aproape imediat pe Chase. Este îmbrăcat la costum și arată foarte bine, nu are cum să fie altfel. Vorbește cu cineva, dar când o vede, se scuză și vine spre ea, privind-o cu atenție. Rachel arată foarte bine în cămașa roșie și în pantalonii lungi, negri. Îl face să își plimbe privirea asupra corpului ei, testând-o, vrând să o intimideze, însă în momentul acesta o dorește, iar lucrul acesta îl nemulțumește. Nu vrea să o lase să îl chinuie cu expresia ei dură și cu formele apetisante. Când ajunge în fața ei, o sărută pe obraz, cât mai aproape de buze, și o îmbrățișează, simțind că se aprinde tot mai mult, în ciuda oricărei rațiuni.

-Bună, Rachel, arăți foarte bine! Ce face Leon?

-Bună, Chase! Foarte bine, dar tu? răspunse ea, privindu-l tăios, dar zâmbindu-i.

-Ce încrezută... ai dormit bine azi-noapte?

-Dacă te interesează, du-te să-l vezi... îi răspunde ea, privindu-l cu severitate.

-Vrei să știi dacă am fost cu altă femeie? o întreabă el, apropiindu-se de urechea ei.

-Ce faci cu viața ta nu mă interesează, Chase. Ar fi mai bine să mergem, începe licitația, îi spune Rachel, zâmbindu-i în continuare, deși simțise ceva ciudat când el menționase o altă femeie. Posibilitatea aceea ar fi durut-o înainte. Doar înainte de a descoperi cine era de fapt el, astfel încât acum nu conta. Deloc.

Chase îi zâmbește, după care o ia de braț, mergând în sală spre locurile lor. Înainte să ajungă acolo, el o prezintă pe Rachel unor persoane importante. Spune despre ea că este logodnica lui, iar Rachel ascultă felicitările și urările acestora. Imediat după aceea, Chase o invită să ia loc pe scaun, iar el se așază lângă ea și o ia de mână, în ciuda privirii tăioase pe care o primește din partea ei.

-Chiar e necesar să faci asta? îl întreabă Rachel în șoaptă. Nu suportă să îi simtă atingerea, căldura și să îi vadă aroganța din privire.

-Da. Nu mai vorbi, trebuie să fiu atent la licitație, îi zice el, privind-o în treacăt, concentrându-se apoi la ceea ce se întâmplă, sau, cel puțin, încercând.

După câteva minute de tăcere, Rachel îl aude șoptindu-i:

-Când se termină licitația, mergem la firmă. E petrecerea de sfârșit de an și toată lumea va fi prezentă.

Ea nu spune nimic, mulțumindu-se să se încrunte la el, arătându-i cât de încântată era de situație, însă Chase îi răspunse printr-un zâmbet amețitor, făcând-o să-și întoarcă chipul în altă parte. Își imaginează felul în care Chase urma să flirteze cu Isabelle, iar asta trebuie să-i dea o stare de ușurare, fiindcă asta înseamnă că el nu va mai fi pe urmele ei la fiecare pas, însă o senzație neplăcută o încearcă, tot gândindu-se la acest lucru.

Rachel ascultă cu atenție ceea ce vorbesc cei din sală, referitor la contractul pe care îl vizează Chase. El insistă și licitează încontinuu, iar în final, se întoarce spre ea și o îmbrățișează, ridicând-o și învârtind-o în aer pentru câteva secunde.

-Am reușit, Rachel! Am reușit!

Rachel este luată prin surprindere, însă bucuria lui era molipsitoare.

-Felicitări... îi spune ea, zâmbind, îngăduinduși asta pentru câteva clipe, însă când îi simte din nou buzele gustând-o ușor, ceva în ea se trezește la viață, dar se frânge aproape imediat. Rachel se îndepărtează de el, privindu-l încruntată.

-Nu mă mai privi așa. E normal să te sărut în public, doar urmează să fii soția mea, îi spune Chase zâmbitor. Hai să mergem, adaugă el, luând-o de mână și ducând-o într-un birou, unde semnează actele care atestă că el e câștigătorul licitației.

Ținând-o apoi de mână pe Rachel, Chase o conduce la mașină, unde îi așteaptă Gerard.

-Am câștigat licitația, Gerard! Ne duci la firmă, iar apoi ai liber până mâine, îi spune Chase fericit.

-Felicitări și mulțumesc, domnule Burke! îi răspunse Gerard cu amabilitate.

Rachel și Chase urcă apoi în mașină, așezându-se pe locurile din spate, iar în timp ce ea stătea cât mai la margine, încercând să pună distanță între ei, el se lipește de ea, șoptindu-i:

-Am înțeles ieri că ai rupt cecul care vă era destinat ție și fiului meu...

-Așa e. Nu am nevoie de nimic de la tine... îi spune ea, privindu-l încruntată. Poți să te dai mai încolo, nu am loc nici să respir.

-Încăpățânată mică... îi zice Chase, făcându-i cu ochiul.

-Cum?! Uite cine vorbește: cel ce e pornit să se răzbune pe mine, deși nu sunt vinovată de nimic.

-Într-una din zile am să te lămuresc în privința asta, o avertizează Chase, mângâindu-i obrazul și zâmbește când vede că ea se retrage, privindu-l cu duritate.

Rachel își întoarce fața, încruntându-se când simte că el o ia de mână. Bărbatul ăsta imposibil vrea numai să o chinuie și să o facă să ajungă la capătul răbdării. Tot restul drumului, se încăpățânează să privească pe geam, încercând să-l ignore. După alte câteva minute, mașina oprește.

-De ce am oprit aici? Nu suntem la firmă, spune Rachel nedumerită.

-Coboară! îi zice el hotărât.

Rachel coboară, gândindu-se oare ce mai are de gând să facă Chase. Este încăpățânat, misterios și imprevizibil. Chase o ia de mână și o conduce până în fața unei bijuterii.

-Ce facem aici? îl întreabă ea, privindu-l surprinsă.

-Îți alegi inelul de logodnă și vom alege împreună verighetele, îi spune Chase de parcă ar fi vorbit despre niște haine sau despre alte cumpărături.

-Nu vreau! îi zice Rachel, făcând un pas înapoi.

-Cred că nu prea ai de ales, Rachel! Haide odată, să nu întârziem la petrecere! Nu am avut timp să mă ocup de asta până acum, așa că o facem acum, împreună! spune el, privind-o cu duritate.

-Nu pot să cred că îmi ceri părerea în legătură cu ceva... îi zice Rachel cu ironie. Este, de fapt, supărată că lucrurile evoluează atât de repede, iar ea visa ca lucrurile să se întâmple cu totul altfel. Însă trebuie să se resemneze cu ideea că nu poate să tânjească după lucruri imposibile.

-Nu mă provoca, Rachel. Intră, îi spune el, poruncitor, deschizând uşa bijuteriei.

Rachel îl priveşte furioasă şi intră, decisă să îl lase pe el să facă alegerile. Oricum pe ea nu o interesează căsătoria cu el. Nu este ceva sincer şi nici de durată, aşa că nu vrea să-şi bată capul cu toate astea.

-Bună ziua! le spune vânzătoarea zâmbind.

-Bună ziua! îi spune Chase, răspunzându-i la zâmbet, în timp ce Rachel îl priveşte cu coada ochiului.

Sigur are impresia că doar cu un zâmbet din acela perfect poate avea totul, se gândeşte Rachel, înaintând câţiva paşi. Îşi simte inima bătând cu putere. Inspiră adânc, în timp ce vânzătoarea vorbeşte cu Chase. Acum doi ani, dacă situaţia ar fi fost altfel, şi-ar fi putut exprima sentimentele în alt mod. Ar fi fost atât de fericită să facă asta... ar fi crezut că era prea frumos să i se întâmple... astăzi însă, totul e diferit, rece, ciudat şi misterios.

-Draga mea, alege-ţi inelul care îţi place, îi spune Chase pe un ton dulce, privind-o galant, spre încântarea vânzătoarei, care îi sorbea din priviri pe amândoi.

-Alege tu, îi şopteşte ea, privindu-l tăios. Mie nu îmi pasă.

Chase ridică o sprânceană, privind apoi toate inelele acelea. E timpul să-i ofere o nouă lecţie, îşi spune el, reţinându-şi zâmbetul. Alege un inel gros, cu o piatră pătrată uriaşă, verde, şi total nepotrivit pentru ea, la cum îi cunoaşte gusturile.

-Ce spui de ăsta, iubito? o întrebă Chase, privind-o inocent.

Rachel îşi înghite cu greu nodul din gât şi strânge din ochi pentru a-şi reveni din şoc. Inelul e monstruos şi nu e deloc pe gustul ei, dar ticălosul ştie asta şi o provoacă intenţionat. Îi mai şi spune iubito, de parcă i-ar fi zis-o simţind asta cu adevărat, însă ea ştir că Chase îi spune astfel numai fiindcă erau auziţi şi priviţi.

-Nu cred că e tocmai pe gustul meu... îi răspunse ea, conştientă de faptul că a roşit violent din cauza furiei pe care o simte.

-Atunci eşti liberă să alegi exact ce îţi doreşti, iubito... îi zice Chase, zâmbindu-i cuceritor, transmiţându-i din priviri că ştie că o irită cu atitudinea lui, însă nu-i pasă.

Rachel îl priveşte fulgerător. Forţată de împrejurări, se apropie de cutia cu inele şi verighete. Numai fiindcă nu poate să rişte ca el să-i cumpere inelul ăla oribil, priveşte cu atenţie bijuteriile din faţa ei, gândindu-se că Chase a adus-o din nou exact acolo unde dorea. Oare până când va continua să-i facă toate astea? Nu se poate doar ca totul să se sfârșească odată, cât mai repede cu putință, se întreabă, simțind că se află la capătul răbdării. Chase îi pune serios limitele la încercare și nu știa cât mai rezistă până să-l facă să regrete. Își plimbă privirea asupra inelelor expuse, până când îl vede. E perfect: discret, din aur galben, încrustat cu un rubin rotund, nu foarte mare. Inima îi tresare la vederea acelui inel minunat. Se întoarce spre Chase, observând că acesta avea oricum privirea ațintită asupra ei.

-Acesta e pe gustul meu, spune ea, încercând să fie calmă, sperând că nu îi strălucesc ochii de fericire. Nu vrea să-i spună că e frumos și minunat, nu vrea să-i dea satisfacția asta acestui îngâmfat.

-E o alegere foarte bună, doamnă Burke, îi spune vânzătoarea zâmbind, însă când îi spune prețul, Rachel face ochii mari, privindu-l pe Chase. Până și ea îi spunese doamnă Burke, iar asta îi stârnește o grimasă.

-Nu e nevoie să... zice ea, ezitând.

-Acesta rămâne, spune Chase, întrerupând-o, lăsând-o mută de uimire.

-Bine, răspunse vânzătoarea și o invită să-l probeze.

Rachel își pune inelul pe deget, bucurându-se în sinea ei că i se potrivește. Îi vine minunat.

Îl mai priveşte o clipă, cu drag, înainte de a-l scoate de pe deget, simţind o umbră de regret, lucru pe care încearcă să-l ţină ascuns, fiindcă este conştientă de privirea lui care o urmăreşte, observându-i fiecare gest.

-Uitaţi şi modele acestea de verighete, adaugă vânzătoarea, arătându-le cutia cu modelele expuse.

-Ce model îţi place, draga mea? o întreabă Chase, pe acelaşi ton ademenitor, venind în spatele ei, cât să o atingă uşor, lipindu-se de Rachel şi mustrându-se în gând pentru că nu se putea abţine să se apropie de ea.

Rachel se uită la verighete, încercând să-şi alunge entuziasmul care o cuprinsese brusc. Cum de obicei e foarte hotărâtă, şi de această dată găseşte imediat modelul ideal.

-Ce spui de modelul acesta? îl întreabă şi îl priveşte, sperând că vocea nu îi tremură. Verigheta ei e tot din aur galben şi avea un rând de pietricele mici, albe, de jur-împrejur, iar verigheta lui este simplă, aurie.

-Îmi place, îi răspunse el, privind-o cu tandreţe, spre surprinderea ei.

Rachel e sigură, însă, de faptul că tandreţea aceea subită face parte din rolul de soţ îndrăgostit pe care Chase trebuie să-l joace în societate.

Chase plăteşte totul, mulţumindu-i femeii pentru amabilitate, după care pleacă împreună cu Rachel, păstrând o tăcere suspectă pe tot parcursul drumului până la firmă, în timp ce ea încearcă să asimileze totul și să își găsească liniștea. Îl vede pe Chase, îngândurat, pe partea lui de banchetă și se bucură că nu o mai chinuie, lipindu-se de ea. Odată ajunși la sediul firmei, Rachel observă că luminile sunt stinse. Asta înseamnă că petrecerea nu a început.

-Nu e nimeni? îl întreabă pe Chase.
-Vino pe aici! îi spuse el, ducând-o spre intrarea din spate. Imediat ajung într-o încăpere fără ferestre și el îi arată un pachet pe masă.
-Ce e asta? îl întreabă ea, oprindu-se când vede că el închide ușa.
-Apropie-te, nu e nimic grav, îi spune el, zâmbind, luând pachetul și punându-i-l în brațe. Desfă-l, adaugă Chase, la fel de zâmbitor. Rachel îl privește surprinsă. Pune pachetul pe masă și începe să-l desfacă, având o urmă de curiozitate. Spre surprinderea ei, când dă la o parte ambalajul, vede o rochie roșie, de lungime medie, cu bretele subțiri, nu foarte decoltată, și, spre iritarea ei, foarte frumoasă.
-Ce vrea să însemne asta, Chase? îl întreabă Rachel, întorcându-se spre el, simțindu-și inima bătând cu putere.
-E rochia pe care o vei purta în seara asta, Rachel! Îmbracă-te repede cu ea, trebuie să ne grăbim. Eu voi fi în camera cealaltă, dacă ai

nevoie de mine, îi spune el, pe un ton inocent, însă privirea lui ascunde lucruri care sunt departe de orice urmă de inocență.

-S-o crezi tu... îi răspunse Rachel, pe un ton superior, privindu-l cum se retrage în camera alăturată, suspect de liniștit. Încuie ușa, după care se uită din nou la rochie, întorcând-o pe partea cealaltă, moment în care observă că are fermoar la spate. Ticălosul... își spune ea iritată de felul în care Chase își calculase fiecare gest și fiecare mișcare. Era nevoită să-l cheme să o ajute să-i închidă fermoarul. Nu poate să nu poarte rochia, nu are timp nici să se certe cu el și nici să-și ia altceva de acasă.

Rachel se schimbă, privindu-se în oglinda în mărime naturală, care se afla în cameră. Încearcă să-și închidă singură fermoarul, însă nu reușește. Roșie la față de furie și de indignare, descuie ușa și îl strigă pe Chase, care vine imediat, având un zâmbet malițios pe chip, zâmbet pe care ea i l-ar șterge fără remușcări.

-Da? o întreabă el, privind-o provocator, de parcă nu ar ști motivul.

-Nu pot să-mi închid singură fermoarul. Ai putea să mă ajuți? îl întreabă ea, privind oriunde, numai nu în ochii lui.

-Întoarce-te, îi șoptește Chase pe un ton seducător, apropiindu-se de ea.

Rachel se supune jenată, închizând ochii, întorcându-se cu spatele la el, cu palmele lipite de baza coloanei, pentru a ține rochia lipită de trup.

-Deschide ochii, Rachel, îi spune el cu o voce senzuală, lipindu-și palmele de spatele ei, făcând-o să simtă că îi arde pielea la simpla lui atingere.

Rachel deschide ochii și vede imaginea lor reflectată în oglindă. Tensiunea pe care o simte văzându-l în spatele ei și observând modul în care o privește, o face să roșească.

-E doar un fermoar, Chase, închide-l odată! îi spune ea, izbucnind, ridicând ușor tonul, simțind că el nu se grăbește deloc.

-Ușor, Rachel! Unele lucruri trebuie făcute bine, nu în grabă, iar ăsta e unul dintre ele... răspunse el zâmbind, în timp ce înaintează de-a lungul coloanei ei, chinuitor de încet. Nemairezistând tentației, își lipește buzele de spatele ei, de pielea ei, atât cât îi permite materialul rochiei, începând să o sărute, înlănțuind-o cu o mână în jurul abdomenului când ea încearcă să se retragă.

-Chase! Oprește-te! îi spune Rachel încordându-se, simțind că nu mai suportă să îl simtă făcându-i asta.

-Roagă-mă, Rachel... îi zice Chase, sărutând-o în continuare, fiind sigur că are un efect tulburător asupra ei. Din nefericire, și ea avea același efect asupra lui, oricât încerca să nege asta.

-Bine, bine, fie! Te rog, Chase, dă-mi drumul... îi spune ea, înciudată de puterea pe care o are el, ținând-o strâns lipită de corpul său chiar și cu o singură mână.

Chase îi închide fermoarul și o eliberează din brațe, îndepărtându-se de Rachel, simțindu-se încă sub efectul vrăjii ei. Se îndreaptă spre ușă, strângând cu putere clanța.

-Te aștept afară! Să nu întârzii, îi zice, ieșind apoi fără să o privească. E periculos pentru el să o privească prea mult, mai ales când arată așa în rochia asta care o pune atât de bine în evidență. Își trece o mână peste frunte, conștientizând din nou că o dorește, deși îi vine greu să recunoască asta. La naiba! se gândește el nervos. O dorește încă de când a văzut-o intrând în biroul lui, în urmă cu doar câteva zile, de când i-a observat teama din privire când îl văzuse tocmai pe el acolo.

Rachel inspiră adânc, simțind o nevoie acută de aer. În mod sigur va avea nevoie de un psiholog când toate astea se vor termina, își spune în gând. E cu nervii la pământ, ea, care este mai mereu calmă și echilibrată. Iese apoi pe hol, acolo unde el o așteaptă, impunător, serios, cu brațele încrucișate. Vrea să meargă înaintea lui, însă își simte brațul strâns în mâna lui puternică.

-Ce mai e? îl întreabă nervoasă, privindu-l în ochi, nemaiputându-se abține.

-Pune-ți ăsta, îi spune Chase, scoțând cutia din buzunar. O deschide și îi pune inelul în palmă. Acum, Rachel. Suntem deja în întârziere, haide odată... adaugă el, plecând de lângă ea, doar câțiva pași mai în față.

Rachel se uită surprinsă la inel. Cel mai probabil, Chase vrea să anunțe logodna lor în seara aceea. Nu se aștepta ca asta să se întâmple atât de repede, totuși. Deși voia să nu-i pese, gestul său de a pleca imediat de lângă ea o rănește, însă în fond, la ce se putea aștepta de la el. Totul este doar o prefăcătorie, la fel ca ceea ce fusese între ei acum doi ani. Își pune inelul pe deget, hotărâtă mai mult ca niciodată să ascundă undeva într-un colț al inimii fata aceea naivă care fusese cândva, fata care îl lăsase să o păcălească și care îi dăruise totul, numai lui. Nu are de gând să repete greșelile din trecut. Se va ruga ca cei doi ani pe care îi are de petrecut alături de el să treacă în zbor și să-l vadă odată pentru totdeauna ieșit din viața ei. Merge mândră spre Chase, încercând să-l privească indiferentă, în timp ce el îi ia brațul și o conduce până în sala unde are loc petrecerea.

Odată ajunși, luminile se aprind, iar cei care sunt deja acolo strigă și îi felicită, umplând sala cu vocile lor gălăgioase. Rachel privește cu surprindere în jurul ei, văzându-i deja acolo pe colegii ei și ai lui Chase.

-Ai știut că vor fi aici mai devreme? Le-ai spus deja despre asta? îl întreabă ea, arătându-i mâna pe care are inelul.

-Nu, pentru prima întrebare, și cât despre a doua, i-am spus doar lui Duncan, și se pare că el le-a spus tuturor. Nu-i nimic, oricum trebuia să anunț asta... spune indiferent, simțindu-se totuși ușor nemulțumit.

În timp ce toată lumea se află în fața lor, Chase începe să vorbească, rostindu-și discursul cu pricepere.

-Dragii mei prieteni, mă bucur să vă văd pe toți aici, în seara asta. Fiindcă e o seară specială, vreau totuși să fac anunțul oficial al logodnei mele, chiar dacă ați aflat deja acest lucru. Vă doresc tuturor petrecere frumoasă și propun să toastăm în cinstea acestui eveniment fericit... spune Chase, stârnind aplauze din partea celor din jur. O sărută apoi pe Rachel, negând în sinea lui că profită de ocazie pentru a face asta, mai ales fiindcă ea nu-i poate reproșa ceva de față cu ceilalți.

Cei doi sunt apoi felicitați din nou de către toți ceilalți, iar Rachel poate observa respectul pe care cu toții i-l arată lui Chase, respect care se extinde în acele momente și asupra ei. Numai Isabelle o privise cu răceală în timp ce o felicita, lipindu-se cu îndrăzneală de Chase şi spunându-i aceleaşi lucruri, îndrăzneală apreciată de acesta, din moment ce o îmbrăţişase cu drag la rândul său, observă Rachel. Se uită în altă parte, găsindu-şi bucuria în persoana lui Duncan, care vine lângă ea să o felicite, la rândul lui.

-Felicitări, Rachel! îi spune el, zâmbindu-i uşor încurcat. Până azi-dimineaţă nu am ştiut că voi doi...
-Înţeleg... şi pentru noi a fost ceva care ne-a luat prin surprindere. De fapt, eu şi Chase ne cunoaştem de mai demult, însă detaliile astea sunt plictisitoare. Îţi mulţumesc pentru urările tale frumoase şi îţi doresc numai bine şi ţie, îi spune ea zâmbindu-i, lăsându-se îmbrăţişată de prietenul lui Chase.
-Rachel... e o adevărată surpriză să te revăd, şi pe deasupra mai eşti şi logodită cu Chase... în sfârşit. De când aşteptam să aud vestea asta...
Rachel se desprinde din braţele lui Duncan şi îl vede în faţa ei chiar pe Lewis, celălalt prieten foarte bun al lui Chase. Simte o mare bucurie să-l revadă, mai ales că e singurul care ştia cum fuseseră lucrurile între ea şi Chase, acum doi ani.
-Lewis... mă bucur atât de mult să te văd... îi spune ea, lăsându-se îmbrăţişată.
-Felicitări, frumoaso... voi doi sunteţi meniţi să fiţi împreună, îi spune cu drag Lewis, neştiind în ce mod şi cât de puternic simte ea cuvintele

lui. Numai dacă ar fi știut Lewis cine este de fapt prietenul său...

-Mulțumesc, Lewis... îi spune ea, cu vocea tremurândă.

-Ai de gând să îmi mai ții mult în brațe viitoarea soție, Lewis?

-Chase... la fel de posesiv ca întotdeauna... când venea vorba de Rachel deveneai alt om. Văd că e la fel și acum... îi spune prietenul său, amuzat, în timp ce Rachel îi privește surprinsă.

-Iar tu ești la fel de glumeț ca de obicei. Vino aici, abia am așteptat să te întorci din New York, din delegație, îi răspunse Chase, zâmbitor, îmbrățișându-și prietenul. Se simte, totuși, ciudat de răscolit de vorbele prietenului său, însă hotărăște să nu-i dea prea mare importanță.

-Spre deosebire de Duncan, eu am aflat abia acum despre asta, dar mă bucur pentru voi. Era și cazul, prietene... îi spune Lewis, zâmbind. Se întoarce apoi către Rachel, prezentându-i-o pe soția lui, pe același ton entuziast.

-Mă bucur să te cunosc, Rachel! îi spune Carol, zâmbitoare.

-Și eu mă bucur, Carol! Deci, ea e femeia care te-a făcut să renunți la burlăcie, Lewis... îi zice Rachel, simțindu-se bine în preajma lor. Dacă Chase ar fi lăsat-o în pace și nu i-ar mai fi pus mâna în jurul taliei, s-ar fi simțit și mai bine.

-Așa e, mă declar învins... o aprobă Lewis zâmbind, stârnind râsete în jurul său. Numai

Duncan mai trebuie să facă același lucru și astfel trei din cei mai frumoși bărbați pe care i-ai văzut vor fi răpuși pentru totdeauna de femeile pe care le vor avea lângă ei.

-Hei, eu nu mă grăbesc nicăieri! spune Duncan cu sinceritate, zâmbind în cele din urmă, spre amuzamentul celorlalți.

-Nici eu nu mă grăbeam până de curând, când am reîntâlnit-o și mi-am zis că nu trebuie să o las să-mi scape din nou... spune Chase, făcând ca zâmbetul femeii de lângă el să se stingă.

Pare atât de serios și de sincer, încât este în stare să păcălească pe toată lumea pentru a-și atinge scopurile... își spune Rachel, tot mai surprinsă de capacitatea lui de a fi un actor atât de bun. Chase se scuză, o ia apoi de acolo, conducând-o pe ringul de dans, spre uimirea ei.

-Nici măcar nu m-ai întrebat dacă vreau asta... îi spune ea, ezitând să-și pună mâinile în jurul lui.

-Nici măcar nu trebuie să te întreb... pot face tot ce îmi doresc cu tine, nu uita asta... îi răspunse el, plimbându-și mâinile de-a lungul brațelor ei, făcând-o să își pună mâinile în jurul gâtului său, savurând toate reacțiile ei.

-Ți-a mai spus cineva că ești nebun? îl întreabă ea, indignată. Este de-a dreptul imposibil și nesuferit. Are impresia că e stăpânul ei, iar ea ura să fie dominată în felul ăla.

-Da, doar tu... dansează și zâmbește, ne

văd ceilalți, iubito... îi spune Chase, zâmbindu-i provocator.

-Ești îngrozitor! Nu-mi mai spune așa, nu sunt iubita ta și nu voi fi niciodată! îi spune ea, știind că o aude doar el.

-Vei fi tot ce vreau eu să fii, Rachel! Acum taci și lasă-mă să mă bucur în liniște de dansul ăsta, îi răspunse Chase, lipind-o mai mult de corpul său. Își lipește buzele de gâtul ei, știind că o provoacă și o enervează, însă îi place la nebunie să-i facă toate astea. Privirea ei temătoare îl răsplătește puțin câte puțin pentru ceea ce îndurase din cauza ei în trecut.

Rachel vrea să se îndepărteze, însă bruta asta o ține atât de strâns, încât aproape că nu mai poate să respire.

-Vrei să mă sufoci? Lasă-mă să respir... îi spune ea, cu un glas tăios.

-Data viitoare să spui te rog, Rachel! Și să nu mă mai chemi vreodată să îți închid fermoarul rochiei, fiindcă eu nu sunt obișnuit cu așa ceva. Prefer să deschid fermoare, să ții minte asta...

-Ești un ipocrit și un mincinos! Tu ai plănuit asta când mi-ai luat rochia și m-ai obligat să o port, știind că nu voi avea de ales și că voi avea nevoie de ajutorul tău pentru a o închide. Dacă nimeni nu te-a urât până acum în viață, să știi că eu sunt prima care o face. Abia aștept să scap de tine... voi fi atât de fericită în ziua aia, nici nu-ți poți imagina... îi spune ea, fulgerându-l din priviri. Se loveşte, însă, din nou de zâmbetul lui seducător şi de indiferenţa care îl caracterizează. Nici măcar un muşchi nu i se clinteşte de indignare, iar asta o indispune tot mai mult. Bărbatul ăsta e... nici nu mai găseşte vreun cuvânt potrivit pentru a-l descrie. Le epuizase pe toate în puţinul timp de când îl revăzuse.

-Ei bine, ştii cum se spune, draga mea Rachel: de la ură la iubire nu e decât un singur pas... îi spune el, zâmbind, ignorând cuvintele ei.

-Nu trebuie să-mi fac griji pentru asta nici din partea mea şi cu siguranţă nu din partea ta.

Tu nu ai idee ce înseamnă să iubeşti, Chase.

-Asta crezi? Atunci cu siguranţă vei avea parte de ura mea din plin, fii sigură de asta... îi spune el, apăsându-şi buzele pe buzele ei, gustând-o şi explorând-o, nelăsându-i timp să reacţioneze. O sărută cu toată forţa de care e în stare, făcând-o să simtă adevărul cuvintelor lui.

Rachel l-ar fi lovit cu dragă inimă, însă nu poate să facă asta. Sunt atâtea în joc, şi mai sunt şi oamenii din jurul lor, care îi cred cu adevărat îndrăgostiţi. Nu poate să-şi piardă controlul şi să nu mai aibă apoi nici o şansă să fie în preajma fiului ei, fiinţa pe care o iubea cel mai mult. Aşa că îl lasă timp de câteva minute să o sărute, încercând să-şi împietrească inima. Este singurul mod în care se poate proteja de el, spunându-şi că tremură doar din cauza nervilor pe care el o făcuse să îi aibă, din nou.

Când melodia se sfârşeşte, Chase o eliberează din braţele lui şi o conduce la masă. Trebuie să îşi revină sau altfel e în stare să o ia de acolo, să o ducă acasă şi să... oftează, încercând să alunge gândul, după care ia o înghiţitură din băutura puternică pe care şi-o turnase, simţindu-i gustul arzător pe gât. În mod sigur, Rachel este o vrăjitoare, altfel nu-şi poate explica de ce simte amestecul acela ciudat de sentimente în ceea ce o privea. O urăşte şi o doreşte în acelaşi timp, iar asta îl derutează. Vrea să o facă să plătească pentru ce i-a făcut, dar când este aproape de ea, îi trec cu totul alte gânduri prin minte, spre disperarea lui. Măcar dacă şi-ar putea găsi consolarea alături de vreo eventuală amantă. Nici asta nu poate, deşi încercase. De când a revăzut-o, nu mai reacţionează cum trebuie. Nu mai poate să simtă dorinţă decât pentru ea. E ca şi cum un gând agasant i-ar spune că nu o vrea decât pe ea, în ciuda oricărui plan de răzbunare şi a suferinţei pe care o îndurase în trecut din cauza ei. Stă la masă, strângând paharul în mână şi o priveşte dansând relaxată cu Duncan, Lewis sau alţi colegi. Relaxată, nu încordată, aşa cum reacţionase în preajma lui, lucru care îl irită mai mult decât vrea să recunoască.

Atunci când Isabelle vine la masa lui şi îl

invită să danseze cu ea, acceptă fără să clipească, deşi nu-i place îndrăzneala acelei femei, însă este utilă pentru a încerca să vadă o licărire de tristeţe în privirea viitoarei lui soţii. Acest lucru nu se întâmplă însă, fiindcă ea se face că nu vede imaginea aceea, văzându-şi în continuare de dansul alături de Duncan. Când melodia se termină, Chase vine lângă ei, privind-o insinuant, cu determinare.

-E timpul ca eu şi viitoarea mea soţie să plecăm. E târziu şi ştii cum sunt cuplurile: vor să petreacă tot mai mult timp împreună... spune el, savurând roşeaţa care se instalează în obrajii ei, dar şi zâmbetul atotştiutor al amicului său.
-Am înţeles... ei bine, ce pot să spun, să aveţi o noapte frumoasă şi felicitări încă o dată, le spune Duncan şi pleacă apoi, lăsându-i singuri.
Rachel se apropie de el, voind să-i arate că nu se simte deloc intimidată de prezenţa lui.
-Chase Burke... sper să arzi în focurile... îi spune, privindu-l cu ură. O făcuse să se simtă jenată în faţa amicului său şi asta i se pare de neiertat, la fel ca orice îi face el.
-Opreşte-te aici. Dacă va fi să ard, o voi face numai împreună cu tine, ai înţeles? îi zice Chase, punându-i un deget deasupra buzelor. Acum stai liniştită şi hai să mergem acasă dacă nu vrei să se întâmple asta cât mai curând, în noaptea asta chiar... adaugă, apropiindu-se la câţiva milimetri

de buzele ei, abținându-se cu greu să nu-și pună planul în aplicare.

Chase o ia de braț și, după ce își ia rămas-bun de la ceilalți colegi, o conduce la mașină, apoi urcă rapid, trântind portiera. După ce urcă și ea în mașină, Chase pleacă în viteză, rămânând tăcut pe tot parcursul drumului, în timp ce Rachel privește încordată pe geam, la fel de tăcută. Urmează să-i arate lui Chase că nu-i va fi ușor să trăiască alături de ea. Dacă el poate să o aducă pe culmile disperării, făcând-o să-și piardă mințile, și ea poate să încerce să îl facă să regrete că o tratează astfel.

Odată ajunși acasă, cei doi sunt întâmpinați de Melania, care pleacă imediat, simțind atmosfera încărcată dintre ei. Chase merge în dormitor, iar ea merge să-l vadă pe Leon, care doarme, iar apoi la baie. Când iese de acolo, Rachel merge în dormitor, bătând la ușă, pentru orice eventualitate.

-Intră! aude ea vocea relaxată a lui Chase.
Rachel deschide ușa și intră în dormitor, surprinzându-l numai în pantalonii de la costum. Din nou este cu bustul gol, spre iritarea ei. Primul impuls este să iasă din cameră și să plece cât mai repede de acolo, însă nu vrea să-i dea satisfacția asta. Știe că el intenționase să fie surprins astfel,

și, adoptând o indiferență simulată, merge să își lase rochia în dulap, ignorându-l.

-Să mă aștepți, mă întorc imediat, îi spune el, luând-o în brațe, profitând că ea agață rochia în cuier.

-Vezi să nu... singurul bărbat pe care îl accept să doarmă cu mine e fiul meu.

-Sună bine! Nu mi-e teamă să îl am drept rival, însă situația se va schimba cât de curând... îi răspunde Chase, întorcând-o spre el.

-Ai dreptate! Nu poți rivaliza cu fiul meu, nu ești suficient de bun pentru asta... îi spune ea, sfidându-l.

-Dar am fost suficient de bun încât să îl faci cu mine, nu-i așa? o întreabă el provocând-o.

Șocul cuvintelor lui este ca o palmă pentru ea. Se simte strivită și atinsă în punctul cel mai sensibil al ființei ei. În mod normal, altădată ar fi început să plângă, nesuportând realitatea vorbelor lui, însă cea de acum, din prezent, trebuie să-i reziste. Cum îndrăznește să-i spună lucrul ăla, când tot ceea ce se întâmplase între ei însemnase atât de mult pentru ea, atunci... în mod sigur vrea să o facă să înnebunească definitiv. Asta e el, bărbatul pe care odată îl iubise din toată inima, ca o prostuță și naivă ce fusese.

-Niciodată nu te-am urât mai mult decât o fac în clipa asta, Chase... îi spune ea, lovindu-l peste față.

Chase resimte mai mult psihic lovitura primită. Iese din cameră, simțind o urmă de remușcare pentru ce îi spusese. Remușcarea trece, însă, când își amintește cât de mult suferise, pierzând-o. Pur și simplu îl părăsise și plecase, tocmai când avea mai mare nevoie de ea. Pentru toată durerea pe care i-o cauzase în trecut, Rachel avea să sufere pe măsură, își spune el, în timp ce stropii apei de la duș îi biciuiesc pielea. O iubise ca un idiot, iar ăsta este un motiv în plus să o urască în prezent și să nu aibă remușcări. Nu merită să-i pară rău pentru durerea pe care i-o văzuse mai devreme în privire. Are de gând să o facă să se simtă pustiită și golită de sentimente, așa cum se simte și el.

Rachel merge să doarmă în patul din camera fiului ei, luându-l lângă ea, bucurându-se că Leon nu se trezește când îl ia din pătuț. Își reține lacrimile, gândindu-se că astfel își va alimenta ura împotriva lui Chase.

Chase intră în dormitor și vede că Rachel nu e acolo. Știe deja unde o poate găsi, astfel că intră încet în camera fiului său, având grijă să nu-l trezească. Se întinde în pat, lângă fiul său, care se află între ei doi. Știe că Rachel se preface că doarme, dar o lasă în pace.

Își privește fiul cu dragoste, mângâindu-l

ușor, după care închide ochii, încercând să adoarmă, simțindu-se împăcat cu gândul că îl are pe Leon. Are atâta nevoie de el, iar acum că aflase de existența lui, este decis să nu se despartă de el, simțindu-și inima împărțită între dragostea pentru Leon și dorința de răzbunare în ceea ce o privește pe Rachel, femeia care îi făcuse viața un chin.

Capitolul VII

În ziua următoare, în timp ce Rachel se pregătește pentru căsătoria civilă cu Chase, Melania o ajută, în același timp, povestind cu ea despre ceea ce urmează să se întâmple.

-Serios, nu ești deloc emoționată? o întreabă Melania, ținându-l pe Leon în brațe, în timp ce Rachel se uită fugar în oglindă, aranjându-și rochia albă, simplă, de lungime medie, pregătindu-se pentru căsătoria civilă pe care urmează să o aibă în câteva minute, ceremonie la care are rolul principal, alături de Chase.
-Nu, de ce aș avea? E doar o formalitate, nu e nimic serios și nu trebuie să-mi bat capul cu asta, spune Rachel, adoptând un ton indiferent.
-Unei romantice ca tine nu-i tresare ceva în suflet într-o zi specială ca asta? Vă căsătoriți civil, deși mai sunt doar câteva zile până la Crăciun. Dă-mi mâna, vreau să văd inelul și verigheta.

Rachel îi întinde mâna, observând zâmbetul Melaniei.

-Sunt frumoase, îi spune ea încântată. Orice ai spune, eu îți doresc să fii fericită, draga mea! Până la urmă, te căsătorești cu bărbatul visurilor tale.

-Nu mai e! Poate că a fost odată, pe vremea când credeam în noi și în povestea noastră, însă acum nu mai simt același lucru, așa că te rog nu mai spune astfel de lucruri. Oricum toată farsa asta se va sfârși după doi ani... zice Rachel, clipind des și inspirând adânc. Își sărută apoi fiul, povestindu-i prietenei sale despre ziua de dinainte.

-Dacă spui tu... lasă-mă, totuși, să îți spun că am un presentiment în legătură cu asta... îi răspunde Melania zâmbind, auzind detalii despre ziua precedentă. În sinea ei, spera ca totul să fie o glumă, iar Rachel să fie fericită.

Rachel își ia fiul în brațe, și astfel cele două prietene pleacă spre primărie, conduse de Gerard, care le duce cu mașina până acolo.

-Urmează căsătoria religioasă? o întreabă Melania curioasă.

-Nu are niciun rost să facem acest lucru, din moment ce treaba asta nu va dura, spune Rachel privind pe geam, strângându-și mai bine pe ea bolero-ul alb, gros.

-Aha... și ce faci cu inelul și verigheta când se termină?

-Ți le dăruiesc, dacă tot îți plac atât de mult, zice Rachel privindu-și prietena cu seninătate, după care începe să se joace cu Leon, zâmbitoare.

-Mincinoaso... sunt sigură că le vei păstra. Nu uita că vorbești cu mine, draga mea. Ne cunoaștem de prea mult timp încât să crezi că mă poți păcăli cu atitudinea asta glacială. În plus, mie nu mi se potrivesc, însă ție îți stau atât de bine...

-Poți să crezi ce vrei, eu știu cum trebuie să fie lucrurile, îi răspunde Rachel, privind-o cu severitate.

-Trebuie să fie... asta spune multe despre ceea ce simți, Rachel.

Rachel o privește fulgerător, vrând să-i răspundă, însă vocea lui Gerard o întrerupe.

-Am ajuns, doamnelor! le spune el coborând din mașină și deschizând întâi portiera dinspre partea unde se află Rachel, iar apoi și pe cealaltă. Gerard îi dăruiește viitoarei mirese buchetul din trandafiri roșii, iar Rachel îl ia, înghițind în sec.

Melania îl preia pe Leon, în timp ce merge alături de Rachel spre sala unde urma să aibă loc căsătoria, sală în care se află deja câțiva colegi din firmă. Sala este foarte frumos decorată, atât cu ocazia Crăciunului, cât și în cinstea evenimentului. Privirea i se oprește asupra lui Chase, care arată incredibil de frumos în costumul lui alb. E o imagine ispititoare, însă el însuși este ispita, una de care trebuie să se țină la distanță. Drumul spre Chase este presărat cu petale de trandafiri de toate culorile, iar buchete de trandafiri sunt așezate peste tot în sală. Totul arată minunat, în totală contradicție cu realitatea dintre ei... constată Rachel, încercând să nu se lase impresionată nici de Chase, nici de ceea ce vede în jurul ei.

Chase o privește admirativ, cu o expresie dulce, păcălindu-i atât de bine pe toți, în timp ce se îndreaptă spre ea. Când ajunge în fața ei, o sărută ușor pe buze, îmbrățișând-o și îmbătând-o cu aroma lui masculină. Merge apoi lângă Melania, luându-și fiul în brațe pentru câteva minute, zâmbindu-i.

Rachel îi privește, cuprinsă de tandrețe, văzând imaginea aceea dulce. Chase îl ține pe Leon cu atâta grijă și îi zâmbește atât de sincer, încât aproape că îi vine să plângă. În sinea ei se bucură că Chase își iubește fiul. Până la urmă, asta e cel mai important.

Câteva minute mai târziu, Chase i-l dă pe Leon din nou Melaniei, și o ia de mână pe Rachel, conducând-o câțiva pași mai în față și ascultând împreună cuvintele primarului.

Auzind totul, Rachel își simte inima bătând

mai puternic, deşi ştie că nu ar trebui să simtă asta. La un moment dat, se simte strânsă de mână mai puternic de Chase, însă în mod sigur i se pare. Când vine momentul să spună da, Rachel o face repede, neîndrăznind să-l privească pe Chase, iar el o face pe un ton grav, serios, privind-o discret. Felul în care rochia aceea simplă, albă, o face să arate îl contrariază şi îl înfierbântă în acelaşi timp. Pare atât de vulnerabilă şi de inocentă, însă el ştie sigur că nu este deloc aşa. Chiar şi acum doi ani, ea nu bănuise ce putere avuse asupra lui, făcându-l să o iubească şi să o dorească într-un fel înnebunitor, mai presus de cuvinte. Înghite în sec, văzând-o cum semnează actul care atestă căsătoria lor. Când îi vine rândul, face acelaşi lucru, nu fără a simţi o uşoară strângere de inimă. Vine apoi momentul sărutului, moment pe care Chase îl scurtează pe cât posibil. Este mai bine pentru liniştea lui să procedeze astfel.

Rachel îi simte sărutul scurt, dar tulburător, fiindu-i recunoscătoare că scurtase momentul. Este apoi timpul să îşi înscrie numele în certificatul de naştere al lui Leon. S-a încruntat când a văzut linia aceea rece şi impersonală în dreptul numelui tatălui. Răsuflă uşurat că a avut ocazia să schimbe şi acel lucru.

Sunt felicitaţi imediat de către cei prezenţi,

printre care și Isabelle, Duncan și Lewis, dar și de Carol, soția acestuia. Fac apoi fotografii, moment în care Rachel trebuie să își găsească puterea să zâmbească, în timp ce el se comportă de parcă e făcut pentru asta. Zâmbește și reacționează ca un adevărat mire îndrăgostit, iar mai târziu, la restaurant, în cadrul petrecerii, continuă să se comporte astfel, spre surprinderea ei. Când se poartă ca un ticălos știe să reacționeze, însă nu știe cum să răspundă celeilalte laturi ale lui.

-Ai vrea să dansezi? Trebuie să deschidem petrecerea, îi spune el pe un ton dulce, întunecându-și însă privirea aproape imediat, în timp ce îi întinde mâna.

Rachel nu spune nimic, oricum nu are rost. Se lasă condusă de el pe ringul de dans, simțind nevoia de liniște. Vrea ca măcar în seara aceea să nu se mai certe cu el și să își găsească din nou echilibrul interior. Se lasă lipită de corpul lui puternic, și, într-un moment de slăbiciune, își lasă capul pe pieptul lui, înconjurându-l cu brațele în jurul gâtului, în timp ce el îi înlănțuie mijlocul, sărutând-o pe frunte. Dansează astfel timp de câteva minute, după care Chase o îndepărtează ușor de corpul lui, pentru a-i vedea chipul. Nu vrea să mai gândească și nici să o chinuie, cel puțin timp de câteva clipe. Vrea doar să se bucure de momentul acesta, ca și când nu se întâmplase nimic rău între ei, nimic care să le fi întunecat cerul care fusese atât de senin cândva... Chase vede privirea visătoare a femeii din faţa lui şi o aduce din nou spre el.

-E atât de bine să te simt aşa... spune-mi că şi tu simţi asta... îi şopteşte, plimbându-şi degetele pe spatele ei, însă Rachel nu spune nimic. Totuşi tăcerea şi tremurul ei reprezintă un răspuns clar.

Când melodia se termină, magia se sfârşeşte.

-Îmi permiţi să dansez cu soţia ta, Chase? îl întreabă Duncan, bătându-l uşor pe umăr pentru a-l face atent la el, fiindcă Chase părea captivat de Rachel. Îl înţelegea, şi el ar fi fost la fel dacă era în locul lui. Însă nu era, aşa că...

-Da, desigur... îi spune Chase, confuz, îndepărtându-se de ei, mergând să îşi vadă fiul, care stătea cuminte în cărucior, lângă Melania. O invită pe aceasta la dans, privindu-l pe Duncan cum dansa cu soţia lui. Rachel se lăsase condusă de Duncan în ritmul melodiei lente, simţindu-i mâinile aşezate decent, în jurul taliei.

-Eşti o mireasă foarte frumoasă, Rachel! Şi pe deasupra mai aveţi şi un băieţel foarte frumos, care a avut pe cine să moştenească... îi spune el, privind-o zâmbitor.

-Mulţumesc, Duncan, îi răspunde ea zâmbindu-i.

-Ciudat că Chase nu ne-a spus nimic despre toate astea. Totul a venit parcă prea dintr-o dată.

-E complicat... dar asta e realitatea.

Mai târziu, când melodia se sfârșește, Duncan o eliberează din brațele lui, privind-o cum pleacă spre masa mirilor. O invită apoi pe Melania la dans, văzând că nu era însoțită. Isabelle stă îngândurată la masă, înciudată de toată situația. Rachel făcuse pe inabordabila în tot acest timp, în care, de fapt, ea și Chase erau împreună. Chase trebuia să fie al ei, însă mironosița aceea i-l furase, deși ea încercase în repetate rânduri să îl cucerească, mai mult sau mai puțin subtil.

Când petrecerea se termină, Chase o ia pe Rachel de braț și apoi, împreună cu Leon, pleacă spre casă, în timp ce Duncan o conduce acasă pe Melania.

Odată ajunși acasă, Rachel este prima care merge la duș, în timp ce Chase își ține fiul în brațe, urmărind-o cu privirea până când ea închide ușa. Numai gândul la imaginea ei, goală sub duș, îl face să zâmbească, dar și să se înfurie pe el însuși.

Când ea iese din baie, Chase i-l dă pe Leon în brațe, și merge și el, la rândul lui, să facă un duș. Se încălzise dansând la petrecere, însă nu e numai atât. Soția lui îl face să se încălzească, să se înfierbânte chiar, deși nu vrea să admită asta.

Rachel îl pune pe Leon în pat, cât timp se schimbă într-un halat lung, care se închide cu nasturi până sus. Se întinde apoi pe pat, lângă fiul ei, așteptând să adoarmă, gândindu-se că el nu își va dori să o aibă, dacă o vede alături de Leon, în dormitorul ei.

După câteva minute, Rachel aude ușa camerei deschizându-se încet. Închide ochii, sperând să-l facă să creadă că a adormit, însă îi simte buzele gustând-o.

-Nu îndrăzni să te folosești de fiul nostru pentru a mă ține departe de tine în noaptea asta, Rachel... îi șoptește el, zâmbind când o vede deschizând ochii, privindu-l temătoare.
Chase îl ia apoi pe Leon din pat, în ciuda privirii ei dezaprobatoare, și îl duce în camera lui, așezându-l în pătuț. Când să intre în dormitorul ei, observă că ea încuiase ușa.
-Serios? Chiar crezi că asta mă va opri? întreabă el, întorcându-se cu spatele la ușă și lipindu-se de ea.
-Bunul simț ar trebui să o facă, atunci... îi spune Rachel, simțind că panica pune stăpânire pe ea.
-Când vine vorba de tine, nu mai am așa ceva, credeam că ai înțeles asta. În orice caz, dacă nu deschizi frumos ușa, o dărâm. Nu cred că vrei să îl trezim pe Leon, nu-i așa?

Ticălosul! se gândeşte Rachel, mergând spre uşă. O descuie şi face câţiva paşi înapoi, văzându-l cât de hotărât intră în cameră.

-Chase... nu ai de gând să faci asta, nu? îl întreabă ea, abia putând să respire, strângându-şi mai bine halatul în jurul ei.

-Ce este, Rachel? Nu te comporta ca şi cum nu ai mai făcut asta... îi spune el, înaintând spre ea.

-Nu e vorba de asta, ci despre faptul că e o chestiune de alegere, iar eu nu îmi doresc asta... îi răspunde ea, privind în altă parte, pentru a nu-i vedea pieptul acela gol şi ademenitor.

-Sunt convins că aş putea să schimb asta, îi spune Chase, luând-o în braţe, lipind-o de el.

-Te înşeli. Mai bine te-ai ocupa să îţi găseşti o amantă, din moment ce eu nu sunt dispusă să fiu cu tine. Ţi-o recomand pe Isabelle, în mod sigur ea ar fi încântată de atenţia ta, îi zice Rachel, furioasă pe bătăile rapide ale inimii ei.

-Isabelle nu îşi are locul în conversaţia asta. Când am spus că vei face tot ce îmi doresc timp de doi ani, mă refeream şi la asta... o lămureşte el, sărutând-o pe obraz, fiindcă ea reuşise să îşi ferească buzele.

-Şi dacă nu? Ce ai de gând? îl întreabă ea, privindu-l cu duritate.

-Pot să jur că nu am mai întâlnit o femeie atât de încăpăţânată ca tine, Rachel, îi zice el, prinzând-o de umeri, strângând-o uşor.

-Ce vei face, Chase? Ai de gând să mă loveşti fiindcă nu sunt dispusă să fiu a ta? Haide, fă-o, iar în clipa aceea voi şti că nu eşti cu nimic mai bun decât cel care obişnuia să-mi facă asta, când încă stăteam sub acoperişul lui... îi spune ea, privindu-l cu dispreţ.

-Nu îndrăzni să mă compari cu tatăl tău, Rachel! Ştii prea bine că am ajuns chiar să mă lupt cu el ca să te scot de acolo... îi zice Chase, luându-şi mâinile de pe ea.

Amintirea aceea îi răscolea din nou pe amândoi, în acelaşi timp, chiar atunci, când se priveau, înfruntându-se ca două forţe total opuse.

-Ieşi de aici, Chase! Nu mă mai tortura astfel. Simpla ta prezenţă îmi face rău. Să nu cumva să uiţi că mă dezguşti şi că nu mă vei mai atinge cu vreun deget vreodată!

Chase o priveşte concentrat, făcând totuşi câţiva paşi spre ea.

-În noaptea aceea, acum doi ani, nu te-am dezgustat, Rachel. Îţi aminteşti? Îţi garantez că te voi face să îţi aminteşti... îi spune el, furios.

-Aia a fost cea mai mare prostie pe care am făcut-o vreodată şi nu am de gând să o repet... îi răspunde ea cu aceeaşi furie în privire.

-Iar eu îţi spun că până expiră termenul de doi ani pe care îi avem de petrecut împreună, te voi face să mă rogi, Rachel... îi mai spune el, apropiindu-şi buzele la câţiva milimetri de buzele ei. O priveşte stând astfel timp de câteva secunde, după care se grăbeşte să iasă din cameră.

-Visează în continuare, Chase! îi răspunde ea, înainte ca el să închidă uşa.

Rachel se întinde apoi pe pat, răsuflând uşurată. Pentru moment l-a îndepărtat de ea, însă nu ştie cât timp va mai putea să facă asta.

Chase se aşază pe canapeaua din sufragerie, sorbind din băutura tare pe care şi-o turnase în pahar. Are de gând să o facă să fie din nou a lui, chiar dacă este ultimul lucru pe care îl face în viaţă. O avusese doar o dată, acum doi ani, însă o doreşte din nou cu ardoare. Nu îi este de ajuns doar să îşi amintească felul în care o simţise în noaptea aceea. Merge apoi la culcare, gândindu-se la vrăjitoarea care îi purta verigheta şi care îl înnebuneşte de-a dreptul, luându-i luciditatea.

Capitolul VIII

În dimineaţa următoare, Rachel se trezeşte, simţind o aromă îmbietoare care vine din bucătărie. După ce se schimbă într-o rochie cu mâneci lungi, gri, tricotată, iese din cameră cu gândul să meargă să-l vadă pe Leon. Merge la el în cameră, însă fiul ei nu se află acolo. Se îndreaptă apoi spre bucătărie, văzându-i pe

Chase și pe Leon cum stau împreună. Chase pregătește masa, iar Leon îl privește cuminte din scaun.

-Bună dimineața, Rachel! Tocmai mă gândeam să vin să te trezesc. Ia loc. Am pregătit micul dejun, îi spune el zâmbitor, privind-o cu drag.

-Bună dimineața... îi răspunde ea, derutată. Își sărută fiul, după care se așază la masă, observând cum o servește, arătând atât de natural acolo, în bucătărie, alături de ea și de Leon.

-Nu știu ce să îi dau lui să mănânce, dar cu timpul voi învăța și voi afla tot ce trebuie să știu despre el. Îmi vei spune, nu-i așa? o întreabă el, privind-o sincer și dulce.

-Da... mă ocup eu de asta, spune Rachel ridicându-se, simțind fiori pe șira spinării din cauza schimbării din atitudinea lui. În mod sigur, Chase se amuză, jucându-se cu mintea ei, însă nu este naivă să cadă în capcana lui, mai ales că e convinsă că jocul acela nu va dura. Merge la frigider și ia bolul în care se află mâncarea pregătită pentru el. Încălzește puțin mâncarea și îi dă apoi să mănânce fiului ei.

-Poftă bună! îi zice Chase, așezându-se să mănânce, nu înainte de a-l lua de mânuță pe Leon, jucându-se cu el.

-Poftă bună... îi răspunde ea, începând să

mănânce din omleta care arată atât de apetisant și care se dovedește la fel de gustoasă. Deci, gătești... adaugă Rachel, surprinsă plăcut.

-De fapt, spre surprinderea ta, da. Nu sunt expert, dar mă descurc. Îți place? o întreabă Chase, privind-o ademenitor.

-Da... spune Rachel adoptând un ton indiferent, nevrând să-i dea satisfacția de a-i spune că este cea mai bună omletă pe care a mâncat-o vreodată.

Chase o privește șiret, bănuind adevărul, și continuă să mănânce relaxat.

-Abia aștept să gust ceva pregătit de tine, îi zice el, privind-o cu senzualitate, făcând-o să simtă mesajul cu dublu înțeles.

-Trebuie să merg în vizită la Melania, după ce termin de mâncat. Îl iau pe Leon cu mine și nu vreau să fim urmăriți de Gerard. Melania stă doar la câteva case distanță, îi spune Rachel roșind, încercând să devieze de la subiect.

-Leon rămâne aici, cu mine, îi zice el hotărât, privind-o suspicios.

-Chase, fii serios. Nu e ca și când aș avea de gând să fug cu el. Oricum nu am unde...

-Leon rămâne aici și gata. Este ultimul meu cuvânt. E bine că gândești așa, oricum nu ți-aș permite să fugi din nou de mine. Voi avea grijă de el, ai încredere în mine, Rachel... o asigură Chase, îmblânzindu-și tonul.

-Bine! cedează ea. Nu stau mult, doar că nu

am mai fost de ceva timp să o vizitez...

-Bine... îi spune Chase, înţelegând adevărul din spatele cuvintelor ei. Ea are nevoie să îşi vadă prietena, iar el nu vede vreun motiv să-i interzică asta.

Rachel se ridică de la masă, vrând să îşi ducă farfuria, însă el o opreşte, luând-o de mână.

-Trebuie să... aşa sunt obişnuită... îşi motivează ea gestul, tresărind când îi simte căldura mâinii.

-E-n ordine, du-te, acum! Strâng eu aici.

-Bine, mulţumesc... îi spune ea, luându-şi mâna din mâna lui.

-Nu ai pentru ce! Nu ai uitat ceva? o întreabă el, privind-o cum îl sărută pe Leon.

-Nu. Ce e?

-Să mă săruţi... îi spune Chase, zâmbindu-i provocator.

-N-am să fac asta, îi răspunde Rachel roşind, evitându-i privirea.

-Bine. Uită că am spus asta. Salut-o pe Melania din partea mea, îi zice el, făcând-o să îl privească surprinsă. Uşor, trebuie s-o iau uşor... îşi spune el în sinea lui, controlându-se.

Ea pleacă grăbită, conştientă de faptul că Chase o urmăreşte cu privirea. Îşi ia paltonul din cuier. Nu vrea să răcească şi să-i dea astfel răceala şi fiului ei. Iese apoi din casă, făcându-i cu mâna lui Gerard, care se află în maşină, bucuroasă că nu vine în urma ei. Are atâtea să-i povestească Melaniei, se gândeşte ea, înaintând spre locuinţa acesteia. Priveşte natura îngheţată din jurul ei, recunoscând în sinea ei că Chase are şi momente în care este mărinimos, iar faptul că o lăsase să îşi viziteze prietena o bucura. Îi este atât de uşor să-l urască atunci când e un ticălos şi atât de greu să-l deteste când se poartă frumos cu ea...

Rachel ajunge în faţa casei Melaniei şi sună la sonerie, aşteptând să i se deschidă. Imediat, Melania îi deschide, privind-o surprinsă şi fericită.

-Bună, draga mea! Eşti singură? Haide înăuntru, e atât de frig afară...

-Da. Chase a spus că are el grijă de Leon şi nu pot decât să sper că va fi aşa... îi răspunde ea intrând. Îşi lasă paltonul la intrare, după care îşi urmează prietena în sufragerie, unde se aşază pe un fotoliu pluşat, confortabil.

-În mod sigur are grijă de el, doar e fiul lui. Din ce mi-ai povestit, Chase se poartă frumos cu el, aşa că nu ai de ce să îţi faci griji, bine? îi spune Melania, liniştind-o.

-Bine... îi zice Rachel, surâzând.

După aproximativ două ore în care a povestit cu Melania, Rachel merge acasă, nerăbdătoare să îşi revadă fiul. Nu mică îi este mirarea să-l vadă pe Chase singur, în curte, având o centură cu unelte în jurul mijlocului. Îl aude cântând, în timp ce îi repară terasa, fixând nişte scânduri cu care le înlocuieşte pe cele vechi şi uzate de dinainte. Arată atât de priceput făcând asta, încât nu poate decât să admire. Terasa, desigur.

-Ce faci? Unde e Leon? îl întreabă, surprinsă plăcut de gestul lui, însă curioasă în legătură cu Leon.

-Bună, Rachel! Îţi place cum arată? Terasa asta chiar avea nevoie de îmbunătăţiri serioase, îi spune el, întorcându-se spre ea, suflându-şi în palme pentru a se încălzi.

-Mulţumesc, dar nu trebuia să te deranjezi. Nu mă aşteptam... urma să mă ocup de asta cât de repede, dar... tu faci chestii din astea? îl întreabă ea curioasă.

-Ţi-am luat-o înainte, din nou! Şi da, fac chestii din astea. Ar fi fost culmea să nu ştiu nimic despre asta şi să lucrez în domeniul ăsta, o lămureşte el, zâmbind.

-Am crezut că eşti doar manager în cadrul firmei tale...

-Ei bine, nu e chiar aşa. În timpul liber mă ocup de astfel de lucruri, iar acum chiar am ceva timp liber. Apropo de Leon, el e în casă cu Annie, doar nu era să-l aduc aici afară cu mine şi să stea în frig. Nu-i aşa că am procedat bine?

-Da, ai făcut bine. Aşa o cheamă pe noua ta cucerire? îl întreabă ea, mustrându-se în gând că spune asta cu voce tare.

-Ăsta e primul lucru la care te-ai gândit, aşa-i? Annie e femeia care se ocupă de curăţenia apartamentului meu. Am rugat-o să vină să facă asta şi aici, dar să aibă grijă şi de Leon până te întorci. Aveai nevoie de un timp doar pentru tine şi m-am gândit să ajut... îi răspunde Chase, venind mai aproape de ea. Acum... vrei să mă săruţi? o întreabă el zâmbindu-i, provocând-o.

-Nu. Nu mă mai tot întreba asta, Chase! Mă duc să-l văd pe Leon, îi spune ea, privindu-l, înghiţind cu greu.

-Bine, încercam să glumesc, îi spune el, iritând-o cu zâmbetul lui fermecător. Rachel inspiră adânc şi îl ocoleşte, mergând spre casă, simţindu-şi inima bătând cu putere. Bărbatul acesta este plin de surprize şi are impresia că nu-l va cunoaşte vreodată cu adevărat. Şi nici nu trebuie să îşi dorească asta.

Când deschide uşa, Rachel îl vede pe Leon jucându-se în ţarc, arătând atât de scump printre toate acele jucării. Îl ia în braţe, sărutându-l, fiind recunoscătoare că îl are.

-Bună ziua, doamnă Burke! Eu sunt Annie Pearson. Sper că nu deranjez. Am terminat curăţenia, iar Leon a fost foarte cuminte. Aveţi un băieţel adorabil.

Rachel se întoarce, zâmbind. Femeia aceea mai în vârstă tocmai o cucerise prin bunăvoinţa ei şi fiindcă vorbise frumos de fiul ei, lucru pe care nici măcar propria ei familie nu îl făcuse.

-Bună ziua, doamnă Pearson! îi spune ea amabilă. Vă mulțumesc pentru ajutor, dar nu trebuia să vă deranjați... și vă mulțumesc pentru ce ați spus despre fiul meu. Într-adevăr, este un copil minunat, adaugă ea, întinzând mâna spre doamna aceea cumsecade.

-Oh, nu aș putea să dau mâna cu dumneavoastră, sunt o femeie prea simplă ca să-mi permit să fac asta. Oricum nu e niciun deranj, nu-l pot refuza pe domnul Burke, e atât de bun...

-Nici nu vreau să aud așa ceva, îi spune Rachel zâmbind, luându-i mâna într-a ei, făcând-o pe femeie să zâmbească. Bun, spuneți? o întreabă curioasă.

-Da. M-a ajutat când aveam cea mai mare nevoie, cu operația unei nepoate, plătind-o integral și neacceptând să primească vreun ban înapoi. E un înger, vă spun eu, dar dumneavoastră trebuie să știți mai bine, doar sunteți soția lui... o lămurește Annie, privind-o cu sinceritate.

Rachel oftează, simțind o căldură înduioșătoare prin tot corpul. Ridică o sprânceană, întrebătoare, auzind-o pe femeia aceea cum vorbește cu atâta admirație despre Chase. Se pare că soțul ei e un înger cu oricine altcineva în afară de ea. Și cu ea fusese un înger în trecut, până în momentul acela dureros, când o dezamăgise și o făcuse să simtă că nu mai poate să creadă în basme...

-Mulțumesc pentru tot! Vă rog să îmi spuneți cât vă datorez pentru ajutorul dumneavoastră, îi spune Rachel, privind-o cu recunoștință.

-O, nu, nici nu se pune problema de așa ceva. Domnul Burke s-a ocupat deja de asta, îi zice Annie, privind-o cu drag.

-Văd că ați făcut deja cunoștință, le spune Chase zâmbind, închizând ușa în urma lui. Vine apoi în spatele soției lui, înlănțuind-o cu blândețe în brațe, știind că ea nu i se poate opune, măcar atunci. Îl mângâie pe frunte pe Leon, conștientizând că are în brațele lui tot ce își dorește cu adevărat. Mai trebuie numai să o convingă și pe ea de acest lucru.

Rachel se încordează, simțindu-se cuprinsă în brațe. Știe că el profită de ocazie să o atingă, iar asta o face să se simtă tulburată și intimidată, în timp ce o parte din ea savurează senzația pe care i-o dă trupul lui lipit de al său. Este acea parte feminină din ea, parte pe care vrea să o ascundă, dar pe care el se încăpățânează să o readucă la viață.

-Aveți o familie frumoasă, domnule Burke! Mai aveți nevoie de mine? îi spune Annie, zâmbitoare.

-Mulțumesc, Annie, îți sunt recunoscător pentru ajutor! Gerard te așteaptă, te va conduce acasă... îi spune Chase, scuzându-se din priviri că nu o conduce, însă nu vrea să se desprindă de soția lui, dar nici de Leon.

-Dar nu e nevoie, domnule Burke! Pot lua un taxi... spune Annie înduioşată de bunătatea lui.

-Nici nu mă gândesc, Annie! Mergi cu Gerard. Mulţumesc încă o dată. Îţi doresc sărbători fericite şi liniştite, mai ales că mai e doar o zi până la Crăciun, îi spune Chase şi, desprinzându-se totuşi de Rachel, merge să o îmbrăţişeze pe Annie.

-Sărbători fericite, doamnă Pearson! îi spune şi Rachel, lăsându-şi fiul pe canapea şi îmbrăţişând-o şi ea pe Annie.

-Vă mulţumesc amândurora! Asemenea şi dumneavoastră! Numai bine vă doresc şi să ne revedem cu bine în noul an! le spune Annie lăcrimând. Mai lucrase pentru diverşi oameni, însă nimeni nu se mai purtase atât de frumos cu ea. De câţiva ani, de când lucra pentru Chase Burke, avusese ocazia să îl cunoască şi să îl îndrăgească.

Rachel şi Chase o conduc pe Annie până afară şi o privesc plecând cu Gerard. Ea intră prima în casă, admirând felul în care totul sclipeşte de curăţenie. De obicei face totul singură şi s-a obişnuit atât de mult cu asta, încât orice ajutor i se pare suspect şi nemeritat.

-Arată bine, nu? îi şopteşte Chase, venind în spatele ei şi îmbrăţişând-o.

-Da, dar nu trebuia... Chase! Chiar e necesar

să mă ții așa? îl întreabă ea, încordându-se în brațele lui și încrucișându-și brațele.

-Da. Măcar un minut... îi șoptește el, mângâindu-i brațele.

-Doar un minut... îi spune ea, oftând.

-Doar un minut... îi răspunde Chase, împletindu-și degetele cu ale ei. Își lipește apoi buzele de gâtul ei, făcând un efort să își reprime dorința de mai mult. Tremuri, Rachel, ți-e frig?

-Puțin. Numai ce am venit de afară, e normal să îmi fie frig... îi zice Rachel, știind că acesta nu e chiar tot adevărul. Cred că a expirat timpul, adaugă ea serioasă.

-Câtă grabă... nici măcar nu ai ceas la mână ca să știi sigur asta, glumește el, îndepărtându-se de ea și așezându-se lângă Leon, pe canapea.

Rachel se așază, la rândul ei, lângă Leon.

-Cred că trebuie să îl schimb... spune Rachel zâmbind și îl ia în brațe. Merge apoi în camera lui, surprinsă de faptul că Chase vine după ea.

-Poți să aștepți în sufragerie, nu e nevoie să stai și tu aici, acum... îi zice ea, pregătind toate cele necesare.

-Rămân aici... îi spune el, hotărât. Pierduse prea multe dintre etapele la care ar fi trebuit să fie prezent și nu mai voia asta. O privește în timp ce ea se ocupă de fiul său.

-Credeam că nu vrei să vezi asta... îi zice ea surprinsă, îmbrăcându-l din nou.

-Data viitoare o fac chiar eu, o asigură Chase.

-Credeam că bărbații nu fac asta, în general... îi spune Rachel, privindu-l cu surprindere.

-Înseamnă că nu mă cunoști destul de bine. Când îmi propun ceva nu renunț până nu obțin acel lucru... îi zice el cu dublu înțeles.

-Îl culc acum... spune ea, întorcându-se spre fereastră, cu Leon în brațe, evitând să îl privească pe Chase. Își leagănă încet băiețelul, vorbindu-i și zâmbindu-i.

Chase se apropie de ei, numai cât să îi vadă mai bine, încrucișându-și brațele. Imaginea aceea îi stârnește o tandrețe pe care nu o crezuse posibilă până atunci.

-Aproape că îmi doresc să fiu în locul lui... îi zice el zâmbind, savurând privirea mirată pe care ea i-o acordă, după care merge să facă un duș, simțindu-se prăfuit din cauza reparării terasei.

Rachel răsuflă ușurată, văzând că el pleacă de acolo. Își așază fiul adormit în pătuț, după care merge în bucătărie să facă ceva să mănânce, însă vede că Annie se ocupase și de asta. Nu poate decât să se bucure. Luându-și o carte, se întinde pe canapea și începe să citească, puțin încruntată. Aude apa de la duș curgând, iar asta o face să fie tot mai conștientă de prezența lui în casă, în casa ei. Nu este obișnuită cu asta și îi e tot mai greu să îl ignore, mai ales că el nu se lasă deloc ignorat. Măcar de nu ar fi arătat atât de bine şi de irezistibil... dar nu, el trebuie să fie pur şi simplu perfect. Se întreabă oare ce-a făcut greşit în viaţă, ca să fie pedepsită astfel... credea că nu îl va revedea vreodată şi va avea timp pentru tot restul vieţii să încerce să-l uite, însă destinul se încăpăţânase să-i readucă împreună. Sigur, se urăsc reciproc, dar faptul că el o doreşte, o face să îşi pună multe întrebări. În mod sigur, şi asta este o parte din planul lui de răzbunare. Nu poate decât să spere că, la final, va ieşi cu inima întreagă din toată povestea. Sau oricum, cu cât a mai rămas din ea, fiindcă inima ei nu mai era de mult timp întreagă.

Aproape că tresare când aude uşa de la baie. Se încăpăţânează să îşi ţină ochii aţintiţi în carte, însă când simte că el îi dă picioarele jos de pe canapea, îl priveşte încruntată.

-Ce faci? îl întreabă Rachel, privindu-l cum se aşază lângă ea. Era îmbrăcat într-o bluză subţire, neagră şi avea pantaloni lungi, gri. Şi avea părul încă ud, fiindcă nu şi-l uscase, iar o şuviţă blondă îi venea în ochi, accentuându-i frumuseţea.
-Vreau să ne uităm la un film, îi răspunde el liniştit, de parcă nu îi este evident că o întrerupe din citit.
-Poţi să te uiţi singur, eu vreau să citesc... îi spune ea, aducându-şi genunchii la piept,

sprijinindu-și cartea pe ei.

-Ai timp să citești când ești singură. Încearcă să nu mă mai contrazici, Rachel și va fi mai bine pentru amândoi, îi zice Chase, luându-i cartea din mână și închizând-o, lucru ce o înfurie.

-Dă-mi cartea, e a mea! Ai închis-o și nici măcar nu i-ai pus vreun semn, îi spune ea, întinzându-se după carte, fiindcă el o ridicase deasupra capului, zâmbind.

-Nu o primești decât dacă mă săruți... îi zice el, apropiindu-și chipul de al ei.

-Păstreaz-o, atunci... îi spune ea, vrând să se retragă din fața lui, însă el pune cartea pe măsuță, o prinde în brațe și începe să o gâdile. Lasă-mă... știi prea bine că nu îmi place să îmi faci asta... adaugă ea, încercând să scape din strânsoarea lui.

-Hmm... îți amintești asta... vrei să îți spun câte lucruri îmi amintesc eu despre tine, despre noi? Îmi amintesc cum mă lăsai să te sărut și să te ating de parcă nimic altceva nu ar fi contat...

-Oprește-te... te rog... îi spune ea, ridicându-se în sfârșit din brațele lui, fiindcă el îi permisese asta. Își îndreaptă privirea asupra cărții de pe masă, roșind, neîndrăznind să se uite la el. Nu suporta să îl audă vorbindu-i astfel.

-Care e problema, Rachel? Suntem doi adulți și nu ar trebui să fie vreo problemă cu faptul că am putea fi împreună și în felul acela... nu cred că ți-e teamă să mă săruți, nu-i așa? o întreabă

Chase, întorcându-i chipul spre el. E ceva mai mult de atât, așa e?

-Nu mi-e teamă, dar nu... nu sunt atrasă de tine... îi spune ea oftând, sperând că el nu îi simte tremurul vocii.

-Să fie așa, oare? Abia aștept să îți dovedesc contrariul... îi zice Chase, apropiindu-se de buzele ei, atingând-o ușor cu buzele lui, făcând-o să închidă ochii timp de câteva secunde.

Rachel încearcă să nu reacționeze, ținându-și buzele strânse, închizând ochii pentru a nu-i vedea focul din privire, însă când el îi mângâie buzele cu degetul mare, gustându-i apoi buza inferioară și concentrându-se abia apoi asupra întregii ei guri, se simte copleșită de toate sentimentele amestecate pe care le are pentru el. Îi simte mâinile mângâindu-i obrajii, iar asta o face să își amintească de tot ceea ce trăise odată alături de el. O distruge cu tandrețea lui, dărâmându-i tot mai mult din zidurile pe care le construise în jurul ei. Mâinile lui continuă să o mângâie în zona cefei, în timp ce își lipește corpul de al ei. Își coboară apoi mâinile pe spatele ei, strângând-o ușor în brațe, în timp ce inimile lor bat într-un ritm alert. Ea deschide ochii atunci când el își pune mâinile pe șoldurile ei. Trebuie să-l oprească, până nu e prea târziu...

-De ajuns, Chase! îi spune ea, împingându-l mai departe, simțindu-se furioasă pe el, dar și pe ea însăși.

-Vezi, nu a fost chiar atât de rău... îi zice Chase, zâmbindu-i, privind-o de parcă ar fi devorat-o. Îi respectă, însă, dorința, nevrând să forțeze în vreun fel lucrurile.

-Te rog, nu vorbi cu mine... doar lasă-mă în pace... îi spune ea, rușinată și tristă.

-Dacă vrei asta, atunci accepți să ne uităm împreună la un film! îi zice el hotărât.

-Bine, bine, alege unul și gata... să terminăm odată și cu asta... îi răspunde Rachel, simțindu-se nerăbdătoare să meargă la culcare și să fie cât mai departe de el.

Chase zâmbește și pornește televizorul, găsind un film romantic. Se oprește acolo, gândindu-se că ei îi va plăcea alegerea. O ia apoi în brațe, simțindu-se blocat în eforturile de a se apropia de inima ei, deși nu ar trebui să-i pese.

-Chase... îi spune ea privindu-l.

-Ce e? Doar te țin în brațe, nu fac nimic rău... îi zice Chase, savurând senzația aceea plăcută.

Rachel nu mai spune nimic, știind că nu are rost și încercând să se uite la film. În scurt timp, însă, este răpusă de somn și adoarme.

Chase privește zâmbitor cum Rachel doarme pe pieptul lui. Îi vine să o sărute, însă nu vrea să o trezească. Stinge televizorul, după care o duce în brațe până în dormitor, având grijă să nu o trezească. O așază pe pat, acoperind-o cu plapuma, după care se întinde lângă ea, punându-și brațul în jurul ei. Are de gând să nu o mai lase să doarmă singură, chiar dacă trupul ei îl torturează în cele mai dulci chinuri posibile. Închide ochii, gândindu-se zâmbitor la felul în care o va tortura la rândul său atunci când va veni vremea. Cât mai curând posibil, spera el.

Capitolul IX

Rachel deschide ochii și se încruntă, simțindu-se îmbrățișată. Își întoarce chipul spre Chase, care îi zâmbea, privind-o enigmatic. Are impresia că el e treaz de ceva vreme și o privise cum doarme.

-Bună dimineața, Rachel! Ai dormit bine, păreai cam obosită azi-noapte...
-Bună dimineața, Chase! Se pare că da, din moment ce am dormit până la ora asta. Cât e ceasul? îl întreabă Rachel și îi dă mâna la o parte, stârnind zâmbetul bărbatului de lângă ea. Spre liniștea ei, vede pătuțul lui Leon lângă patul ei. Asta nu poate însemna decât că Chase îl adusese acolo.
-E ora nouă, poți să mai dormi dacă vrei, îi spune el, punându-și din nou brațul în jurul ei, tachinând-o.
-Nu trebuia să mă lași să dorm atât! Trebuia să-i dau lui Leon să mănânce... în plus, eu am

adormit aseară pe canapea. Cum am ajuns aici?

-S-o luăm pe rând. Leon a mâncat, i-am dat eu, şi în mod evident nu el a fost cel care te-a adus aici, îi zice Chase, încercând să o liniştească.

Rachel înţelge ce voia el să-i spună şi îşi simte chipul prinzând culoare la gândul că el o adusese în braţe în pat.

-Mă puteai lăsa acolo, nu era nevoie să mă aduci aici! îi spune ea, ridicându-se din pat, uitându-se la fiul ei cum dormea. Îi zâmbeşte, strângându-şi mai bine halatul pe lângă ea. Leon pare în regulă, iar asta nu poate decât să o bucure.

-Şi să pierd ocazia de a te ţine în braţe? În plus, m-am gândit că vei dormi mai comod în pat, îi explică Chase, în timp ce dă plapuma la o parte. Se ridică din pat şi vine în spatele ei, punându-şi mâinile de-o parte şi de cealaltă a pătuţului, formând astfel un fel de barieră ce avea rolul de a o mai reţine puţin lângă el.

-Ce faci? îl întreabă Rachel, întorcându-şi chipul spre el, simţindu-se incomodată de felul în care îl simte lângă ea. Îi simte pieptul lipit de spatele ei. Bineînţeles că nu are tricou, poartă doar nişte pantaloni lungi.

-Nimic... mă uitam şi eu la fiul nostru! Nu-i aşa că e frumos? Nici nu putea să fie altfel... îi spune el pe un ton voit inocent, dar sincer, surâzând.

-E adevărat, e frumos! E prinţul meu şi mă

bucur că a apărut în viața mea acum un an și jumătate. Mi-a înseninat viața și face asta în continuare...

-Sunt sigur de asta...

-Cum ai știut ce să îi dai să mănânce? îl întreabă ea curioasă.

-Am văzut ce i-ai dat ieri și am făcut și eu același lucru. Mi-am dat seama că nu e atât de greu...

Rachel îl privește surprinsă, însă nu mai spune nimic. Se întorsese cu totul spre el și voia să îi dea o mână la o parte, pentru a putea pleca de acolo, însă el nu se clintește.

-Te grăbești undeva? o întreabă Chase, cu un zâmbet seducător în colțul buzelor.

-Da fapt, da... trebuie să merg la baie... îi zice Rachel, coborându-și privirea, însă când îi vede pieptul gol, își îndreaptă privirea spre ușă. Nu știe de ce trebuie să simtă că nu mai are suficient aer. Nu trebuie să se simtă așa, nu în preajma lui.

-Mă gândeam la un sărut de dimineață, mai ales că e dimineața de Crăciun. Cred că merit măcar atât... îi spune Chase, întorcându-i chipul spre el.

-Iar eu cred că nu ar trebui să fii pe lista lui Moș Crăciun... pe niciuna dintre ele, de fapt! Ești prea rău pentru asta, îi spune Rachel, înfruntându-l, luându-i mâna de pe chipul ei.

-În cazul ăsta nu am decât să-mi iau singur cadoul... îi zice Chase, punându-și mâinile în jurul ei și acoperindu-i buzele cu buzele lui, luându-și singur ceea ce își dorea. O sărută flămând, conștient că acel sărut nu este decât o mică parte din tot ceea ce dorește. O vrea în întregime, însă nu îi este suficient numai trupul ei. Îi vrea și inima, iar pentru asta știe că mai are de luptat, acesta fiind unul dintre momentele în care uitase de planul de răzbunare pe care i-l rezervase.

Rachel își permite un moment de nebunie și îl lasă să o sărute. Descoperea dintr-o dată cât de dor îi fusese să simtă senzația pe care numai el putea să i-o ofere. În ciuda motivelor pe care le avea pentru a nu-l lăsa să-i facă asta, este copleșită de furtuna pe care Chase i-o stârnește în corp.

La un moment dat, Chase o îndepărtează ușor de el, eliberând-o din brațe, privind-o cum se îndreaptă grăbită spre baie. Își ia o bluză verde și blugi albaștri, după care așteaptă ca ea să revină în dormitor, pentru ca Leon să nu rămână singur.

Când Rachel revine în cameră, Chase se află lângă pătuț, privindu-și fiul cum doarme, imagine care devine tot mai emoționantă pentru ea. Îl privește luându-și fiul în brațe și venind spre ea.
-Cred că e timpul să vedem ce a lăsat Moș

Crăciun sub brad, îi spune Chase lui Leon, ținându-l strâns la piept. Iese din dormitor și merge spre sufragerie, nu înainte de a o privi cu discreție pe Rachel, care arată mai mult decât apetisant în rochia roșie tricotată și cu părul lăsat liber.

Rachel îi urmează, așteptând cu nerăbdare să vadă reacția fiului ei la vederea cadoului pe care i-l făcuse. Îl vede pe Chase așezându-se pe un scăunel aflat lângă brad, ținându-l pe Leon în brațe. Micuțul zâmbește și întinde mâinile spre el, de parcă ar fi știut că ceva frumos urmează să se întâmple.

-Vino mai aproape, tu ești prima care îi va da cadoul. Ești mama lui și ai dreptul ăsta, îi spune el zâmbitor.

Rachel oftează, reținându-și lacrimile. Gestul lui o lasă fără cuvinte, dându-și seama că Chase realizează cât de mult înseamnă asta pentru ea. Se uită în treacăt pe fereastră, văzând fulgii mari și frumoși care se așterneau pe stradă. Merge apoi lângă ei, așezându-se pe scăunelul alăturat.

-Mulțumesc... îi spune Rachel, privindu-l cu recunoștință, având lacrimi în ochi. Credea că va dori să fie primul care face asta, iar faptul că o lăsa pe ea să fie prima, o emoționa profund.

Rachel ia pachetul de sub brad, îi desface ambalajul, scoate renul de pluș care e de mărimea fiului ei și i-l pune în brațe. Vede emoționată cum Leon ia jucăria în brațe și zâmbește, în timp ce în ochi i se citește bucuria. Își șterge lacrima care îi curgea pe obraz, știind că aceea este cea mai mare mulțumire pentru ea: zâmbetul prințului ei. Este conștientă de privirea lui Chase ațintită asupra ei, însă nu se mai poate abține. Fericirea pe care o simte îi inundă inima și nu are de gând să o ascundă, mai ales că se simte atât de rar astfel.

-Foarte frumos renul, dar sunt curios dacă îi va plăcea și cadoul meu, zice Chase, dându-i-l pe Leon soției lui, pentru a putea să desfacă ce îi pregătise. În câteva secunde, scoate din cutie surpriza. Este un om de zăpadă de pluș, jucărie pe care Leon o primește la fel de zâmbitor și de fericit, ținând-o în brațe alături de renul primit de la Rachel.

În momentul acela privirile lui Chase și Rachel s-au întâlnit, exprimând o bucurie sinceră și pură. Pur și simplu se pierdeau unul în ochii celuilalt, ca odinioară. Și-au zâmbit unul altuia cu sinceritate, conștienți de importanța acelui moment special.

-E timpul pentru cadoul tău! Crăciun fericit, Rachel... îi spune Chase zâmbind în continuare, oferindu-i un pachețel mic, ambalat frumos.

Rachel îl privește surprinsă.

-Crăciun fericit și ție, Chase, dar... nu trebuia. Eu nu ți-am luat nimic... îi zice Rachel, simțindu-se puțin ciudat.

-Nu e adevărat, Rachel, îi răspunse el, venind

lângă ea. Mi-ai dăruit cel mai frumos cadou posibil. Nu ai idee cât de mult înseamnă asta pentru mine... o lămureşte Chase, mângâindu-şi fiul cu o mână, ţinând-o de mână şi pe ea în acelaşi timp. O priveşte emoţionat, iar ea ştie că el e sincer în acele momente, pur şi simplu simte asta.

Rachel inspiră adânc, clipind des, simţind că lăcrimează din nou. Ceea ce îi spune el e atât de frumos, încât simte o căldură liniştitoare învăluindu-i inima. Îşi desprinde apoi mâna din mâna lui, începând să desfacă surpriza pregătită de el, în timp ce Chase îl ia pe Leon şi îl aşază în ţarcul cu jucării, să se poată juca în voie. Se întoarce apoi lângă ea, aducându-şi scăunelul cât mai aproape. Rachel deschide cutiuţa, iar sentimentul plăcut de surprindere o cuprinde din nou. Cadoul constă într-o pereche de cercei formată dintr-o lună şi un soare care erau lipiţi unul de celălalt.

-Îţi aminteşti? Pe vremuri spuneai că aşa suntem şi noi, fiindcă provenim din lumi diferite: o lună şi un soare cărora le e sortit să nu se întâlnească vreodată. Ei bine, se pare că destinul a vrut altceva în privinţa noastră... îţi plac? o întreabă Chase, privind-o uşor încruntat, fiindcă ea amuţise, coborându-şi privirea. Îi ridică chipul spre el, descoperind cauza tăcerii ei. Soţia lui avea lacrimi în ochi, lacrimi pe care el i le provocase şi nu ştia cum să interpreteze asta.

-Sunt frumoși, Chase. Nu mă așteptam la asta, dar îți mulțumesc... îi spune ea, privindu-l nedumerită. În acele câteva zile de când îl revăzuse, Chase se purtase atât de ciudat cu ea, pentru ca acum să facă acel gest. Cine să-l mai înțeleagă? El își schimbase comportamentul, făcând-o să îl regăsească pe Chase de odinioară, cel pe care îl iubise atât. Se simțea debusolată, nu știa ce să mai simtă și cum să se mai comporte cu el.

-Nu ai de ce, Rachel! îi zice el, sărutând-o pe obraz, limitându-și dorința de mai mult. În schimb, o ajută să își pună cerceii în ureche. Îi aduce apoi o oglindă pentru ca ea să se poată vedea.

Rachel se privește în oglindă și îi place ce vede. Pe lângă faptul că cerceii aurii sunt foarte frumoși, fericirea pe care și-o descoperă în privire întrece orice altceva.

-Haide să facem o plimbare, vreau să vă duc undeva, îi spune Chase, admirând-o.

-Unde? întreabă ea curioasă.

-Vei vedea! Haide!

-Bine... îi răspunde ea, mergând să-l îmbrace pe Leon. După ce îi dă o gecuță albastră fiului său, Rachel îl pune pe Leon în brațele lui Chase, își ia paltonul și deschide ușa, ieșind prima din casă.

Chase o urmează îndeaproape, conștient că

îi place tot mai mult să își țină fiul în brațe, dar și să fie aproape de soția lui. Rachel încuie ușa, apoi îl pune pe Leon în scaunul pentru copii de pe bancheta din spate, după care se așază lângă el, luându-l de mânuță, în timp ce Chase pornește motorul mașinii, plecând spre destinația numai de el știută. Pornește radioul la care se auzeau colinde, simțind nevoia să asculte așa ceva. I-ar fi plăcut ca Rachel să stea în dreapta lui, însă înțelegea nevoia ei, firească până la urmă, de a sta lângă Leon. Sunt schimbări în interiorul său, schimbări în ceea ce o privește pe soția lui, pe care nici el nu și le poate explica. Poate că de vină este atmosfera asta de sărbătoare, prezentă la orice pas, așa cum Rachel este mai tot timpul prezentă în mintea lui. Strânge mâinile pe volan, conștientizând acel lucru, înghițind în sec. Soția lui este o adevărată vrăjitoare. Numai simțindu-i parfumul și imaginea ei în oglinda retrovizoare îl face să o dorească, chiar și așa, îmbrăcată până în gât... petrecuse prea mult timp lângă ea și la fel de mult fără să o aibă, numai așa își putea explica reacțiile care îl încearcă.

-Am ajuns! Puteți coborî! spune Chase, oprind motorul mașinii.

Rachel îl privește, oarecum surprinsă de tonul lui puțin ciudat. Îl desprinde pe Leon din scaun, după care îl ia în brațe și coboară cu el din mașină. Chase închide portiera după ei, apoi îi conduce la apartamentul lui.

-Intraţi, le spune el, după ce deschide uşa, privind lung în urma lor. Simte o strângere de inimă ducându-i acolo, în casa lui. O ajută imediat să îşi dea paltonul jos, punându-l apoi în cuier.

-Mulţumim! îi zice Rachel, zâmbindu-i uşor, nebănuind ce efect are zâmbetul ei asupra lui.

-Luaţi loc! vă aduc ceva de băut imediat, numai să îmi spuneţi ce anume, le spune el, sperând ca ei să se simtă bine acolo.

-Pentru Leon, apă, iar pentru mine, suc! îi zice Rachel, aşezându-se pe un fotoliu din piele neagră, cu Leon în braţe. Îl priveşte apoi cum merge să le aducă cele cerute, mutându-şi apoi privirea pe ceea ce o înconjura. La o primă vedere îi place apartamentul lui Chase. Îi place mobila modernă şi elegantă, în nuanţe de crem, dar şi tablourile care înfăţişează diverse peisaje. Are chiar şi un brad împodobit în mijlocul sufrageriei, lucru ce o face să zâmbească, pentru ca mai apoi gândul să i se îndrepte într-o altă direcţie. Pentru o secundă doar, nu poate să nu se întrebe oare câte femei a adus Chase aici, însă alungă repede gândul acela. Nu o priveşte şi nu trebuie să o intereseze.

Îl priveşte întorcându-se cu apa şi sucul, punându-le pe măsuţa din faţa lor, mişcându-se cu o lejeritate care se apropie de senzualitate.

-Să aduc și ceva de mâncare? o întreabă el, privind-o pe Rachel în timp ce îi dă să bea apă lui Leon.

-Nu, mulțumesc! El a mâncat, iar mie nu mi-e foame, îi răspunde Rachel, punând paharul cu apă pe măsuța de sticlă din fața ei.

-Serios? Dar e aproape ora prânzului, iar tu nu ai mâncat de dimineață, îi zice Chase, privindu-și ceasul, revenind apoi cu privirea asupra ei. Ți-e jenă, așa e? o întreabă el din nou, zâmbind.

-Nu... îi zice ea mințind. Nu vrea să-l deranjeze și se simte puțin stingheră, mutată din mediul ei cunoscut de acasă.

-Bine... mă duc totuși să aduc câte ceva, poate ți se face poftă între timp... spune Chase, ridicându-se și mergând din nou în bucătărie. Se întoarce cu o tavă pe care erau două boluri cu salată de boeuf și pâine. Le așază pe masă, după care ia o telecomandă de pe un dulap și pornește sistemul audio, la care se aud colinde.

-Mulțumesc...

-Pentru puțin... mie unul, știu că mi-e foame! spune el, luând bolul și începând să mănânce.

-Poftă bună! îi spune Rachel, observând pofta cu care mănâncă.

-Mulțumesc! Poftă bună și ție, Rachel. Mănâncă, îți va plăcea, o asigură el zâmbind.

După ce ezită câteva secunde, Rachel îl pune pe Leon pe fotoliul alăturat și apoi începe să mănânce, cuprinsă tot mai mult de pofta pe care o simte. Într-adevăr, salata era foarte bună.

-Să nu-mi spui că tu ai făcut-o, îi zice Rachel, privindu-l suspicioasă, dar zâmbitoare. E atât de bine să poată vorbi ca niște oameni binevoitori, fără replici tăioase și dureroase, constată ea în gând.

-Nu, trebuie să recunosc că Annie s-a ocupat de asta, îi spune Chase, întorcându-i zâmbetul.

-Să-i transmiți că mi-a plăcut foarte mult, îi spune ea, după care mai ia o înghițitură.

-Vei avea ocazia să o faci chiar tu, într-o zi...

-Ai avut noroc să găsești un ajutor atât de priceput ca ea, îi zice Rachel, privindu-l cu sinceritate.

-Amândoi am avut, îi răspunde el serios. Când am cunoscut-o, vindea flori pentru a-și întreține familia, lucru care nu era de ajuns, desigur. Pe parcurs, trecând zilnic prin zona aceea în drum spre casă, am început să vorbim mai mult și am ajuns să o conving să lucreze pentru mine.

-Foarte frumos din partea ta...

-Nu contează... ai terminat de mâncat? Vreau să vă arăt ce nu ați reușit încă să vedeți din apartament.

-Bine, putem face asta acum! îi spune ea, admirându-i modestia pe care i-o simțise atunci când vorbise despre Annie.

Chase se ridică de pe scaun și îl ia pe Leon

în brațe, conducându-i, atât pe Leon, cât și pe Rachel, în celelalte camere, tur care durează câteva minute.

-Ei bine, îți place? o întreabă curios, așezându-se din nou pe scaun, cu Leon pe genunchi.

-Da, îi spune Rachel, așezându-se la rândul ei în fotoliu.

-Mă bucur. Spune-mi despre perioada sarcinii. Cum a fost? o întreabă el curios, privind-o atent, în timp ce își leagănă fiul.

-Chase... spune Rachel, luată prin surprindere. El voia să știe lucruri atât de personale, iar asta o jenează.

-Am dreptul să știu, Rachel! Vreau să știu... îi zice Chase, privind-o rugător.

-Nu e mare lucru de spus! Am avut o sarcină ușoară, iar nașterea a fost la fel... îi spune Rachel, privindu-l cu seriozitate. Simțise ușurința sarcinii și a nașterii ca pe o compensație a traumelor psihice prin care trecuse din partea familiei, dar și din alte cauze, unele dureroase și apăsătoare.

-O spui de parcă într-adevăr ți-a fost atât de ușor, dar sunt convins că nu a fost chiar așa... ai avut grețuri, amețeli? o întreabă Chase curios. Se simțea nefericit fiindcă nu fusese lângă ea în momentele acelea.

-În mare parte, așa e. Cât despre ce ai spus mai devreme, nu am avut des astfel de probleme...

spune Rachel, privindu-l în ochi, acolo unde i se păruse că vede durere și suferință, lucruri pe care nu-l credea capabil să le simtă.

-Mi-ar fi plăcut să știu de existența lui, să fiu acolo când s-a născut și să-l țin în brațe... îi mărturisește Chase, privind-o dureros de dulce.

-Cred asta... îi răspunde Rachel, privindu-l, simțind din nou legătura aceea invizibilă dintre ei, care fusese atât de frumoasă odată...

-Am să recuperez într-un fel lucrurile pe care le-am pierdut, te asigur de asta. Vreau să mă lași să fac parte din viața lui, indiferent de cum vor sta lucrurile între noi în viitor, îi spune Chase, privind-o hotărât.

-Nu am de gând să împiedic asta, Chase. Numai să nu mi-l iei, nu aș putea suporta asta. Leon e tot ce am mai frumos și îl iubesc enorm... e tot ce mi-ai lăsat mai frumos, adaugă ea în gând.

-Fiul nostru nu va fi privat de prezența părinților lui. Atât timp cât ești cooperantă, totul va fi bine, Rachel. Știu că îl iubești, se vede asta, și nu pot decât să mă bucur. Și eu am început să-l iubesc, știi asta, nu?

-Da, Chase, îi spune ea, sigură de sentimentele lui pentru Leon. În schimb, el este atât de schimbător în ceea ce privește sentimentele față de ea. Acum se poartă frumos, pentru ca în clipa următoare să o rănească, având o atitudine superioară și ironică. Se simțea prinsă într-un joc al îndoielii pe de o parte, şi al certitudinii, pe de altă parte.

-Cum au primit părinţii tăi vestea că eşti însărcinată? o întreabă, ştiind că atinge o coardă sensibilă, însă trebuia să o facă.

Rachel îl priveşte cu teamă, dar îi răspunde, în cele din urmă.

-Nu foarte bine. Au încercat să mă facă să renunţ la copil şi m-au numit în mai multe feluri...

-Ce?! Ce fel de părinţi sunt ăştia?! Spune-mi ce ţi-au zis... îi cere Chase, strângând pumnul din cauza furiei pe care o simte.

-Nu-mi place să-mi aduc aminte de lucrurile astea, nu e important...

-E important pentru mine, Rachel! Spune-mi! zice el serios, încruntându-se.

-Ei bine, ştii deja... au spus că sunt o uşuratică şi că m-am dat primului care mi-a ieşit în cale... de asemenea, m-au lovit amândoi când au aflat, eu îmi ţineam mâinile pe abdomen, pentru a-mi proteja copilul... faptul că mi s-a întâmplat asta la începutul sarcinii îi putea fi fatal lui Leon, dar am avut mare noroc. Leon a fost un luptător şi şi-a dorit să se nască... îi zice Rachel, lăcrimând. Se uită în altă parte, simţind cum durerea acelor amintiri o mistuie din nou şi îi face inima să sângereze.

Chase îl lasă pe Leon pe scaun şi vine în faţa ei, lăsându-se pe vine. Simte că vede negru în fața ochilor. Numai de dragul ei și al fiului său nu izbucnește, deși îi vine să dărâme totul în cale. Dacă părinții ei ar fi fost acolo, ar fi fost în stare de orice ca să-i facă să plătească pentru ceea ce îi făcuseră soției lui.

-Uită-te la mine, Rachel... îi spune Chase, punând palmele pe genunchii ei, mângâind-o.

-Nu pot... îi zice ea, simțindu-și lacrimile curgându-i pe obraji.

-Rachel... îi rostește Chase numele din nou. Știi prea bine că nu a fost așa. Nu ai fost deloc o femeie ușoară, iar eu știu cel mai bine asta... am fost primul pentru tine, crezi că nu-mi mai amintesc asta? o întreabă Chase, copleșit de amintirea aceea dureros de frumoasă și dulce.

-Chase, nu... încearcă ea să-l oprească, știind la ce se referă.

-Nu, nu face asta. Trebuie s-o spun. Între noi a fost ceva frumos, Rachel, ceva ce a mers dincolo de nivelul fizic, iar tu știi asta, îi zice el, luând-o de mână, făcând-o să îl privească.

-Te rog, Chase... nu mă face să trec prin asta din nou, nu aș mai putea să suport... hai să lăsăm trecutul în trecut. Nu-mi face bine să-mi amintesc toate astea, te rog să mă înțelegi...

-Știu, nici mie nu-mi place să te fac să treci prin asta, dar mai trebuie lămurite unele lucruri. Trebuie să ne găsim liniștea, Rachel... îi spune Chase, privind-o rugător.

-Poate într-o zi vom discuta despre tot ce

s-a întâmplat, dar nu acum. Nu azi... îl roagă ea din priviri. O copleșește, stând astfel în fața ei, privind-o ca și când chiar i-ar fi părut rău pentru tot... este conștientă că inima ei se află în mare pericol dacă îl lasă să se apropie prea mult și nu mai vrea să lipească cioburile pe care cu greu reușise să le adune.

-Curând, Rachel. Curând... îi promite Chase, ridicându-se în picioare. Îi mângâie obrazul, după care o îmbrățișează, simțindu-se neputincios și ciudat. Pe de o parte voia să o facă să sufere, iar pe de altă parte voia să fi putut să o protejeze de tot răul de care avusese parte. Cumva, nu știe cum, dar are de gând să încerce să rezolve totul. Trebuie să facă asta pentru binele amândurora. Se desprinde apoi de ea, o lasă să își revină. Îi oferă un pahar cu apă, pentru a o calma, deși nu plânge la modul acela evident. Chase simte că durerea ei este prea puternică pentru a și-o putea exterioriza. În clipa aceea, Leon începe să plângă, acaparându-le atenția părinților săi. Plânge de parcă ar simți că ceva nu e în regulă.

-Îl iau eu, spune Rachel, luându-l în brațe, încercând să-l liniștească, simțind că Chase e lângă ei.

-Ce e cu el, are ceva? o întreabă el neliniștit, neobișnuit să își vadă fiul așa. De obicei era foarte liniștit, iar faptul că plânge, îl face să se simtă agitat.

-Ei bine, Chase, bebelușii mai și plâng,

printre altele. E bine, stai liniştit, îi spune ea, privindu-şi soţul cu un surâs, înduioşată de grija lui.

-Eşti sigură? Oare nu trebuie dus la doctor? o întreabă el, mângâindu-şi fiul pe frunte.

-În ziua de Crăciun? îl întreabă ea, zâmbind de-a binelea, ştiind că Leon e bine.

-Nu contează. Dacă trebuie... îi spune el, privind-o încruntat, fiindcă ea este atât de liniştită.

-Nu trebuie... a trecut, vezi? S-a liniştit, îl asigură ea, privindu-l. Chase nu încetează să o uimească. Fiecare zi alături de el îi dezvăluie noi laturi ale personalităţii sale.

-Bine, dacă spui tu... tu ştii mai bine... dă-mi-l şi mie, îi zice el nerăbdător.

-Bine, bine... îi răspunde Rachel, dându-i-l, privind cu drag cum Chase îşi sărută fiul şi vorbeşte cu el. În mod sigur, inima mea este în mare pericol, constată ea, privindu-i impresionată.

-Vrei să locuim aici de acum înainte? o întreabă Chase, legănându-şi fiul, surprinzând-o din nou.

-Nu. Aş vrea să stăm tot acolo, în casa pe care mi-a lăsat-o bunica mea. Mă simt foarte bine acolo. Pentru prima dată, simt că am ceva numai al meu şi mă simt legată de casa aceea, îşi motivează ea răspunsul.

-Am înţeles şi va fi cum îţi doreşti, Rachel,

îi spune Chase, uimind-o. Dar asta nu înseamnă că nu vom mai veni împreună aici, adaugă el surâzându-i.

-Putem să mergem acasă acum? îl întreabă ea zâmbind, respirând uşurată.

-Nu vrei să dormim aici? întreabă el privind-o captivat, făcând-o să roşească.

-Nu. Vreau să mergem acasă, îi răspunde Rachel cu determinare.

-Cineva a roşit... îi spune el, zâmbind.

-Nu, nu e adevărat... ea neagă, privindu-l încruntată.

-Ba da... Leon poate dormi între noi, numai dacă nu vrei altfel...

-Prefer să dorm numai cu el... îi spune ea, luându-şi paltonul, încercând să scape de aluziile lui chinuitoare. Chase o duce dintr-o stare în alta, ca un carusel. O face să se simtă tulburată, şi slabă, şi vulnerabilă... şi nu-i place asta.

-Nu de azi înainte, Rachel! Vom dormi împreună, cu sau fără Leon lângă noi, dar nu mai accept altceva! Nu te mai gândi să încui uşa, nu mă va ţine departe de patul tău... îi zice el, provocând-o, punându-l pe Leon în scaun, pe bancheta din spate.

-Ţi-a mai spus cineva că eşti imposibil uneori? Nu-ţi pasă de părerea mea... îi spune Rachel, simţind că tremură. Doar din cauza frigului de afară, desigur.

-Asta sunt eu şi n-ai ce să-mi faci... deşi, dacă

mă gândesc mai bine, ai putea să începi să mă săruți, pentru început... îi zice el privind-o prin oglindă, în timp ce pornește motorul mașinii.

-De asemenea, mai ai și o imaginație bogată... îi spune Rachel, privindu-l încruntată.

-Sunt de acord. Și mai știu că nu ai vrea să știi câte lucruri îmi pot imagina întâmplându-se între noi...

-Așa e, nu vreau, îi răspunde ea, inspirând adânc și încercând să controleze căldura care îi cuprindea corpul, căldură de care numai Chase putea fi vinovat.

Rachel îl vede zâmbind și își îndreaptă privirea spre geam, concentrându-se asupra orașului, care arată atât de frumos împodobit de sărbătoare.

Parcurg restul drumului până acasă în tăcere, iar atunci când în sfârșit ajung, Rachel se pomenește dată la o parte ușor din fața mașinii. Numai ce coborâse și se pregătea să-l ia pe Leon, dar se pare că Chase are alte planuri.

-Îl iau eu pe Leon! îi spune Chase, privind-o ademenitor, începând apoi să-i desfacă centurile fiului său.

-Bine... zice Rachel și merge să deschidă ușa.

După câteva minute, Rachel îl hrănește pe Leon, în timp ce mănâncă toți trei, împreună.

-Ştii... mi-ar fi plăcut să te văd alăptându-l... îi spune Chase, privind-o seducător.

-Nu era nimic interesant de văzut, te asigur... îi răspunde ea, încercând să nu scape lingura din mână.

-Ba eu cred că aş fi avut... spuneam şi eu, nu trebuie să te superi...

-Nu mă supăr... îi răspunde ea, inspirând adânc, încercând să se controleze.

-Bine, dacă spui tu...

-Gata, Chase, de ajuns! Taci odată! îl avertizează Rachel, ridicându-se de la masă. Se pare că va trebui să strângi singur toate astea şi să speli vasele...

-Dacă trebuie... dar, spune-mi... pentru un sărut ce trebuie să fac?

-Nimic... nu-l vei primi... îi spune ea, zâmbind victorioasă, după care se grăbeşte spre baie, nevrând ca el să o ajungă din urmă.

-Deci... sunt pedepsit, chiar de Crăciun... spune Chase zâmbind şi privindu-şi fiul, care e la fel de zâmbitor. Sper că nu te bucuri pentru asta, adaugă el, sărutându-l. Începe apoi să strângă totul şi să spele vasele, visând la felurile în care o va pedepsi şi el la rândul lui pe Rachel, când va fi momentul... avea să o facă să îl implore, nu doar să îl roage... iar el va savura totul, până la capăt...

Când Rachel se întoarce de la baie, îl găseşte

pe Chase ştergând farfuriile. Îl ia pe Leon şi îl duce la culcare, cu un zâmbet larg pe chip. El merită măcar atât, pentru câte o făcuse să îşi amintească azi... îl pune pe Leon pe pat, lângă ea, apoi închide ochii, sperând să adoarmă cât mai repede.

La un moment dat, Rachel aude apa la duş şi îşi astupă urechile cu mâinile. Nu vrea să-l audă şi ar fi şi mai bine să nu-l vadă în patul ei, însă nu are ce să facă. Câteva minute mai târziu, în momentul în care se deschide uşa, Rachel închide ochii, să nu-l vadă.

Chase se întinde în pat, punând o mână pe abdomenul lui Leon, care stă între ei. Are un sentiment de linişte şi de pace pe care nu l-a mai avut de mult timp. În mod sigur, Crăciunul acesta i-a dăruit cel mai frumos miracol de care a avut parte până acum.

-Noapte bună, Rachel! Ştiu că nu dormi, îi spune el, aşezându-se pe o parte şi întinzând mâna deasupra fiului său, pentru a se odihni apoi pe braţul ei gol.
-Noapte bună, Chase! Aş dormi, dacă m-ai lăsa... îi zice ea, simţindu-şi corpul tresărind la mângâierea pe care o simte de-a lungul braţului.
-Eu aş zice să profiţi şi să încerci să dormi cât mai poţi, Rachel. Cine ştie cât va mai dura

asta... o avertizează Chase, luând-o de mână şi ţinând-o strâns.

-Vise plăcute, Chase! îi răspunde ea pe un ton dulce, ascunzându-şi indignarea.

-Vor fi, te asigur... îi zice el, zâmbind, gândindu-se că cine râde la urmă râde mai bine. Iar el avea tot interesul să iasă câştigător.

Capitolul X

După câteva zile...

Rachel se află la birou, în prima zi de lucru din noul an. Îşi aminteşte, zâmbind, felul frumos în care Chase o tratase în ultimele zile, dar şi atenţia şi dragostea pe care i le oferea fiului lor. De asemenea, îşi aminteşte şi sărutul pe care i-l furase, din nou, în noaptea dintre ani. O făcuse să se simtă ca atunci când îi oferise toată iubirea ei, pe vremea când credea în el din toată inima.

Şi totuşi, mai erau atâtea lucruri de lămurit între ei, chiar dacă el se comporta atât de frumos. Lupta care se dă în ea este inevitabilă şi nu ştie cum se vor sfârşi toate astea. Gânditoare, îi semnează nişte acte Isabellei, după care se ocupă de activităţile pe care le are în ziua aceea. Merge la Chase în birou, când el o cheamă.

-Da, Chase, ce este? îl întreabă, intrând în

birou și închizând ușa. Îl vede cum vine spre ea, îngândurat și serios, având o expresie pe chip pe care nu i-o mai văzuse de câteva zile.

-Chiar mă urăști atât de mult, nu-i așa? îi spune el, prinzând-o de braț, privind-o cu dezamăgire.

-Nu înțeleg despre ce vorbești! Ce se întâmplă?

-Ești acuzată de fraudă în privința contractului pe care l-am câștigat la acea licitație, înainte de finalul anului. Ai semnat pentru cedarea contractului unei firme concurente. Îndrăznește să negi! îi zice Chase pe un ton ridicat. De asta ai insistat să te întorci la firmă, deși ești soția mea și ți-am spus că nu e nevoie să muncești... nu pot să cred cât de idiot am putut să fiu! adaugă el, îndepărtându-se de ea.

-Nu am nici cea mai mică idee despre ce vorbești, Chase. Se pot spune multe lucruri despre mine, sunt obișnuită cu asta, dar nu sunt o trădătoare și nici nu aș face așa ceva cu bună știință. Nu știu unde vrei să ajungi cu toate astea, dar sunt nevinovată, iar timpul va dovedi asta. Am vrut să lucrez pentru a avea o ocupație, nu sunt genul de femeie care să stea acasă. Cât despre ceea ce ai spus, nu aș face așa ceva firmei, nu ți-aș face așa ceva ție, și în nici un caz nu aș face ceva care să mă facă să decad în ochii fiului meu, îi spune Rachel, nevenindu-i să creadă ce aude.

-De ce nu mi-ai face mie asta, dacă susții întruna că nu mă suporți? o întreabă el, dându-i dosarul în mână.

-Fiindcă oricât de mult m-ai dezamăgit în trecut, nu sunt genul de om care să facă așa ceva. Nu sunt o hoață și nici nu aș putea să fac lucrurile pe care mi le-ai spus, așa că ar trebui să cauți vinovatul în altă parte.

-Am să fac asta! Singurul motiv pentru care nu am chemat poliția până acum este Leon, dar voi găsi răspunsul altfel și dacă se dovedește că ai avut ceva de-a face cu asta, am să te fac să regreți, Rachel, îi zice Chase pe un ton ferm, privind-o încruntat.

-Tu ai să regreți fiindcă m-ai acuzat de treaba asta, Chase!

-Cum îți explici faptul că semnătura ta apare în actele astea?

-Sunt acte pe care Isabelle mi le-a dat să le semnez. Nici nu m-a lăsat să le citesc, era grăbită și mi-a zis că știi despre asta. Mi-a mai spus că nu e nici o problemă să le semnez în locul tău, mai ales că mi-a precizat că am dreptul ăsta, în calitate de... de... spune Rachel, negăsindu-și cuvintele pentru a spune altfel acel lucru.

-De ce?

-De soție a ta... zice ea, privind în altă parte.

-Acum dai vina pe Isabelle? Știi de cât timp lucrează aici? întreabă el furios.

-Nu, spun doar cum s-au întâmplat lucrurile!

Sunt nevinovată, Chase, şi am să susţin asta în continuare, indiferent de ce se va întâmpla, îi spune Rachel, dezamăgită de neîncrederea lui. Într-un fel sau altul, Chase o va răni mereu, nu trebuie să uite asta.

-Până aflu cine e vinovat de toate astea, rămâi acasă. Nu vreau să te mai văd pe aici, îi zice Chase, deschizând uşa, aşteptând ca ea să plece.

-Aşa voi face. Până la urmă îmi vei da dreptate, dar până atunci ia ăştia, nu am nevoie de ei. Să nu îmi mai dăruieşti ceva niciodată, nu voi accepta. Nu vreau nimic de la tine, Chase, tot ce îmi doresc e să ieşi pentru totdeauna din viaţa mea şi să mă laşi în pace! îi spune Rachel, scoţându-şi cerceii din urechi şi punându-i pe masă, după care iese grăbită, ascunzându-şi lacrimile. Pleacă apoi spre casă, gândindu-se că Chase fusese capabil să se comporte normal numai câteva zile, pentru ca apoi, la cel mai mic semn, să se îndoiască de ea.

Când ajunge acasă, Rachel discută cu Melania despre ce i se întâmplase, iar la plecarea acesteia, îl duce pe Leon la culcare, după care se aşază pe canapea şi începe să plângă cât mai încet posibil, în timp ce strânge în braţe o pernă decorativă. Speră ca totul să se rezolve cât mai repede, iar adevărul să iasă la iveală, pentru liniştea ei. Nu suportă dezamăgirea pe care o văzuse în privirea lui Chase, oricât de nepăsătoare ar vrea să fie.

În acest timp, Duncan și Lewis sunt în biroul lui Chase, discutând problema asta care nu îi dă pace niciunuia dintre ei.

-Haide, Chase, chiar crezi că Rachel ar face așa ceva? Deși nu o cunosc de mult timp, nu o cred capabilă de așa ceva, spune Duncan, privindu-l cu atenție.

-Ai o părere prea bună despre ea, Duncan. Am impresia că ți-ar fi plăcut să o cunoști mai bine, dacă nu apăream eu în peisaj... răspunde Chase, făcând câțiva pași spre el. Este furios și neîncrezător. Parcă nimic nu îi iese cum trebuie, iar în mijlocul oricărei situații trebuia să se afle ea, soția lui.

-Știi ceva? Nici măcar nu am să-ți răspund la asta, Chase! Ești prea nervos și nu are rost... îi zice Duncan, încercând să-l calmeze, simțind totuși o ușoară strângere de inimă, auzind cuvintele prietenului său.

-Am văzut felul în care o priveai, Duncan. Nu încerca să mă minți. De asemenea, pot să spun că și ea era foarte amabilă cu tine și îți zâmbea, încântată de compania pe care i-o ofereai... îi spune Chase, apropiindu-se tot mai mult de amicul său.

-Ești gelos, Chase! Ești atât de orbit de treaba

asta că nici nu poți suporta că ea poate discuta și cu altcineva în afară de tine! Nu fi idiot, Rachel e o femeie care nu te-ar înșela și nici nu ar face ceva care să afecteze imaginea firmei. Sunt sigur că e vorba despre altceva la mijloc...

-Exact ce spuneam. Dintr-o dată, Rachel e un înger, iar eu sunt personajul negativ, ce să spun... nu mai spune că sunt gelos, e o prostie, tot ce fac e să spun lucrurile așa cum le-am văzut... explică Chase, măsurându-și amicul din priviri, simțind o nevoie bruscă de a-l lovi.

-Băieți, încetați! le spune Lewis, punându-se între ei, observând că situația putea degenera, mai ales că cei doi se înfruntau din priviri. Rachel, în felul acesta, nu e subiectul discuției noastre. Altceva trebuie noi să aflăm aici, așa că liniștiți-vă și haideți să punem capăt situației. Cred că am soluția pentru rezolvarea acestei dileme. Am sunat un amic de-al meu, detectiv. Îl aștept cât de curând să vină și să rezolve misterul. Până atunci, veniți-vă în fire. Suntem prieteni, nu inamici, nu uitați asta! adaugă el, liniștindu-i.

-Sunt calm, sunt cât se poate de calm! spune Chase, așezându-se pe scaun. Își trece o mână prin păr, simțindu-se extenuat și încordat.

-Așa te vreau, Chase! Numai având mintea limpede putem ieși cu bine din toate astea, îi zice Lewis, așezându-se la rândul lui.

-Mă duc să aduc niște cafea, se pare că vom avea nevoie... spune și Duncan ieșind din birou.

-Ştii, Chase... îmi amintesc de Rachel pe vremea când avea optsprezece ani. Ceea ce vreau să spun e că nu pot să uit clipa în care ea a dus înapoi la magazin pâinea şi băutura pe care părinţii ei alcoolici le furaseră. Îţi aminteşti, eram acolo, cu tine... mai ştiu că, după ce ea a plecat, tu ai cumpărat pâinea şi ceva de mâncare şi te-ai dus în urma ei şi i le-ai dat, după multă muncă de convingere. Deşi Rachel avea o situaţie care nu era tocmai potrivită pentru o tânără de vârsta ei, avea ceva ce a făcut-o de nepreţuit în ochii tăi: onoare şi demnitate. Spune-mi că tu chiar crezi că Rachel e capabilă de grozăvia asta şi atunci am să cred că nici nu o iubeşti nebuneşte, aşa cum sunt convins că o faci, de fapt. Am fost acolo, Chase. Am văzut cât de greu ţi-a fost când a plecat din viaţa ta fără să lase vreo urmă. Îţi intrase atât de puternic în inimă, încât nu mai erai capabil să gândeşti logic după plecarea ei, să nu mai spun de faptul că era să te pierd şi pe tine, la un moment dat. Ziua erai student, iar noaptea participai la tot felul de curse ilegale şi lucruri riscante, fiindcă nu îţi păsa că ţi se poate întâmpla ceva. Nimic nu mai avea sens fără ea. Numai eu ştiu cât a trebuit să te conving să renunţi la pericole şi să redevii, pe cât posibil, prietenul meu. Spune-mi că nu mai simţi nimic pentru ea şi nu am să cred vreo secundă asta.

-Încetează cu asta, Lewis! Ştii că ţi-am interzis să aduci vreodată vorba de perioada aia și de ceea ce simțeam pentru ea! Dacă Rachel e vinovată, voi avea grijă să plătească pentru asta! îi zice Chase, aproape urlând, ridicându-se în picioare.

-Se pare că ai supărat-o, de ți-a lăsat ăștia aici... îi spune Lewis, reținându-și zâmbetul. Își citea prietenul ca pe o carte, doar fusese lângă el încă de când erau mici.

-Dă-i încoace! îi zice Chase, luând cerceii și punându-i în buzunar.

În acel moment ușa se deschide, iar Duncan aduce cafeaua.

-E totul în ordine? întrebă el, așezând tava cu ceștile de cafea pe birou. Observase atmosfera tensionată și voia să se asigure că lucrurile erau în regulă, cât se putea de în regulă în acele momente...

-Încă nu, dar va fi... îi răspunde Chase, așezându-se din nou pe scaunul său.

Soneria unui telefon îi face pe toți atenți.

-E amicul meu detectiv, mi-a scris că ajunge imediat aici, zice Lewis, privindu-și telefonul.

În câteva minute, amicul lui Lewis se afla în biroul lui Chase, acolo unde s-a discutat îndelung întreaga situație, până spre seară.

Între timp, Rachel îl hrănește pe Leon, gândindu-se la necazul în care se află. Se uită la ceas, văzând că se înserează și Chase nu îi dă niciun semn. După ce îi face băiță lui Leon, îl pune în pătuț și merge să facă un duș, sperând să se mai relaxeze, simțindu-se încordată. Se duce apoi în camera fiului său, luându-l să doarmă în pat, lângă ea. Se simte puțin mai liniștită ținându-l în brațe. Leon îi dă forța necesară pentru a-și reveni, exact la fel cum o făcuse și în trecut. El este echilibrul și liniștea ei, și nu poate decât să fie recunoscătoare fiindcă îl are. Făcuse atâtea greșeli în trecut, printre care cea mai mare era că se îndrăgostise de Chase, însă Leon este cel mai frumos lucru care i se întâmplase. Spera doar ca fiul ei să o iubească, lucru care îi lipsise atât de mult în copilărie și adolescență.

În dimineața următoare, Rachel e trezită de soneria telefonului. Era un mesaj de la Chase care îi cerea să vină urgent la firmă. O sună pe Melania să vină să stea cu fiul ei, iar când Melania ajunge, Rachel pleacă la firmă, sperând să fie ceva de bine.

Odată ajunsă, simte că îi stă inima în loc când vede poliția în biroul lui Chase, iar pe el privind-o cu o expresie nedefinită. În birou mai sunt Lewis, Duncan și Isabelle, care o privește triumfătoare, venind lângă ea.

-Vezi ce li se întâmplă trădătoarelor ca tine? îi șoptește Isabelle zâmbind.

-Faceți ce trebuie să faceți, domnilor polițiști! spune Chase cu o expresie implacabilă, privind cu duritate în jurul său.

-Desigur, domnule Burke! spune detectivul Stillman, amicul lui Lewis.

Rachel își simte corpul tremurând când detectivul se îndreaptă spre ea, având cătușele în mână. Stillman se oprește aproape de Rachel.

-Doamnă Gibbs, sunteți arestată pentru fraudă și înșelăciune. Aveți dreptul să nu spuneți nimic. Tot ceea ce veți spune va fi folosit împotriva dumneavoastră, spune Stillman, punându-i cătușele Isabellei, moment în care Rachel îngheață, rămânând pe loc și închizând ochii.

-Ce?! Nu puteți face asta! Știți cine sunt eu?! Chase, fă ceva, nu-i poți lăsa să facă asta, te rog! Știi că sunt nevinovată... numai Rachel e de vină pentru tot! spune Isabelle cu disperare în glas, în timp ce e încătușată.

-Nu pot decât să regret că nu mi-am dat seama mai demult ce fel de hienă am angajat în firma mea! spune Chase afectat, venind lângă Rachel și înlănțuind-o cu brațele în jurul taliei, știind că ea nu i se poate împotrivi, cu atâția oameni în jurul lor.

-Nu, Chase, te rog... nu-i lăsa să mă ia...

-Sper să nu te mai văd vreodată, Isabelle! Ia-o de aici, Stillman, îmi face greață numai când o văd...

SUFLETE PERECHE

-Desigur, Chase! spune Stillman, ieșind cu Isabelle din birou.

-Am vrut să vezi asta, meritai să fii prezentă acum, aici... îi zice Chase, sărutând-o ușor pe obraz.

-Mulțumesc... atât reușește Rachel să spună, înainte ca Duncan să vină spre ei.

-Mă bucur că totul s-a rezolvat cu bine... le spune el, privindu-i cu drag pe amândoi.

-Mulțumesc, Duncan... îi zice Rachel, deschizând ochii.

-Îți mulțumesc și eu, Duncan, și scuze pentru... știi tu... îi spune Chase, privindu-l cu regret, nedezlipindu-se de soția lui.

-Nu ai pentru ce, Chase. Vă las singuri, e cazul să plec de aici, le spune el, întorcându-se.

-E timpul să plec și eu, dar ne mai vedem. Va trebui să ieșim să sărbătorim asta, le spune Lewis, privindu-i și dându-și seama de sentimentele lui Chase. Amicul lui este topit după Rachel, oricât ar nega, iar acest lucru îl făcea să zâmbească.

-Așa vom face, Lewis. Mulțumesc pentru tot, amice, îi zice Chase recunoscător, dând mâna cu el și îmbrățișându-l.

-Nu ai de ce, amice, iar tu, Rachel, să ai grijă de tine, nu te lăsa afectată de toate astea, nu merită. Pe curând! le spune Lewis zâmbitor, după care pleacă, lăsându-i singuri.

-Îmi pare rău, Rachel... am fost un idiot, știu asta acum. Trebuia să știu că nu ai fi în stare de aşa ceva... îi zice Chase, venind în faţa ei şi privind-o cu regret.

-Crezi că dacă îmi spui asta, te iert şi gata? îl întreabă ea, cu vocea uşor tremurătoare.

-Nu. Voiam doar să ştii. Uite, ţi-o spun din nou, iar eu nu prea fac asta de obicei: îmi pare rău, Rachel... sper ca într-o zi să mă poţi ierta... îi spune Chase, luând-o de mână şi mângâind-o.

-Dacă asta se va întâmpla, trebuie să treacă un timp, Chase. Nu poţi să te aştepţi să-mi treacă supărarea numai fiindcă îţi pare rău, îi zice Rachel, luându-şi mâna din mâna lui.

-Ştiu... ce face Leon? o întreabă el, schimbând subiectul.

-E bine... azi-noapte nu ai venit acasă... îi zice ea, privindu-l cu seriozitate.

-A fost mai bine aşa, având în vedere situaţia. Am stat aici până târziu cu Lewis, Duncan şi Stillman, să analizăm cazul. M-am simţit dezamăgit de Isabelle, dar m-am bucurat că am aflat adevărul, în cele din urmă...

-Şi eu mă bucur că s-a rezolvat... spune Rachel, aşezându-se pe scaun şi inspirând adânc. Emoţia din ultimele minute o copleşeşte.

-Hei, eşti bine, vrei să-ţi aduc ceva? o întreabă Chase, venind lângă ea. Îi masează umerii, încercând să o facă să se relaxeze.

-Un pahar de apă, mulţumesc... îi răspunde ea, luându-şi faţa în mâini.

Chase îi aduce apă şi se aşază pe scaun,

lângă ea.

-Ce este? Ştiu că au fost nişte ore grele pentru amândoi, dar a trecut totul... încearcă să te linişteşti, va fi bine...

-Ştii... am fost acuzată de atâtea lucruri, dar tot e neplăcut să mă simt astfel, de parcă aş fi o fiinţă îngrozitoare, iar toţi ceilalţi sunt perfecţi, când ştiu prea bine că nu e aşa... urăsc sentimentul ăsta... voi fi bine, numai să mai treacă puţin timp...

-Ştiu cum e... dar vei fi bine, ai înţeles? Nu eşti deloc o fiinţă îngrozitoare, Rachel... îi spune Chase, sărutându-i mâna, gest care o surprinde şi o emoţionează.

Câteva secunde se privesc unul pe celălalt, spunându-şi din priviri ceea ce cuvintele nu puteau exprima. Chase îşi apropie buzele de buzele ei, însă soneria telefonului întrerupe momentul.

-Telefonul... spune Rachel cu voce tremurândă. Se ridică de pe scaun şi merge spre cuier, acolo unde se află geanta din care îşi scoate telefonul.

Chase o vede schimbându-se la faţă, în timp ce vorbeşte.

-Rachel, ce e? o întreabă, după ce ea închide telefonul.

-Leon... e la spital... are febră mare şi convulsii. Melania mi-a spus că a plecat spre spital cu ambulanţa. Ai vrea...

-Să mergem! îi spune Chase, simţindu-şi inima bătând cu putere în piept.

Chase o conduce la maşină, simţindu-se la fel de panicat şi de îngrijorat ca ea.

-S-a mai întâmplat asta până acum? o întreabă el privind-o atent, în timp ce porneşte motorul, apoi pleacă în viteză spre spital.

-Nu... a mai avut febră şi anul trecut, o dată, dar nu a fost atât de mare ca acum. Atunci am reuşit să îl tratez acasă. Ce mă fac, Chase? E fiul meu şi e atât de mic... dacă se întâmplă ceva... spune Rachel frângându-şi mâinile.

-Nu se va întâmpla nimic rău cu fiul nostru, Rachel! Mă auzi? Leon va fi bine, trebuie să credem asta... îi zice Chase, luând-o de mână, încercând să o liniştească, deşi agitaţia pe care o simte este de nesuportat.

În câteva minute ajung la spital. Chase opreşte maşina. O urmează apoi pe Rachel, care intrase grăbită pe holul spitalului, întâmpinată de Melania.

-Rachel, draga mea, îmi pare rău...
-Ce s-a întâmplat, Melania? o întreabă Rachel lăcrimând, în timp ce o îmbrăţişează.
-A început să aibă febră dintr-o dată şi cu fiecare minut care trecea, febra creştea. Înainte să te sun, am chemat ambulanţa, care a ajuns imediat. Acum e în grija doctorului de acolo. Va

fi bine, vei vedea... o încurajează Melania, care lăcrimează și ea.

-Doctore, ce ne puteți spune despre Leon? întreabă Chase, apropiindu-se de doctor.

-Trebuie să ne lăsați să ne facem treaba. Vă rog. Imediat ce am vești, vă anunț, le spune medicul grăbit și îl duce pe Leon în salon, începând să se ocupe de el.

-Doctore... zice Rachel, prea târziu însă, căci medicul plecase deja.

Chase își strânge pumnii, deschizându-i apoi. Începe să se plimbe agitat pe hol, văzându-le vorbind pe cele două prietene îngrijorate. Deși nu obișnuiește să se roage prea des, în momentul acesta o face, dorindu-și cu ardoare ca fiul său să fie bine și să-l țină cât mai repede în brațe din nou. Dă câteva telefoane, după care își îndreaptă iarăși atenția asupra soției lui.

După un timp, Melania pleacă, iar Rachel se apropie de fereastra de sticlă groasă prin care își putea vedea fiul. Este atât de speriată, încât tremura.

-Rachel... va fi bine, vei vedea. Fiul nostru e puternic, îi spune Chase, punându-i o mână pe umăr.

-Sper... mi-e atât de frică, Chase... îi răspunde ea, întorcându-se, ștergându-și lacrimile care îi alunecă pe obraji.

-Știu, Rachel, știu... și mie îmi e, dar trebuie să fim puternici și să gândim pozitiv, îi zice Chase, aducând-o la pieptul său, consolând-o și alinând-o. Ar vrea să-i alunge toate gândurile negative și toată tristețea.

-În sfârșit ajung să îmi cunosc nepotul... asta dacă băiețelul ăla chiar e copilul tău, Chase.

Rachel se desprinde de Chase, privind-o dezgustată pe cea care îi era soacră.

-Cine a chemat-o pe femeia asta aici? îl întreabă încruntată.

-Eu, dar nu i-am spus să vină aici. Doar am informat-o despre starea lui Leon... e bunica lui, până la urmă, și trebuie să știe. Nu ar trebui să te deranjeze... iar tu mamă, nu mai spune astfel de lucruri. Leon e fiul meu și nu îți permit să-i vorbești așa soției mele, spune Chase, observând ostilitatea dintre cele două femei, ostilitate pe care nu o putea înțelege pe deplin.

-Lasă, Chase. În fond, la ce te poți aștepta de la o femeie ca ea... încă sunt șocată de decizia prostească pe care ai luat-o, aceea de a te căsători cu ea... spune Priscilla Burke, indignată.

-Chiar nu e momentul să discutăm acum despre asta, mamă... îi zice Chase, luând-o de braț, vrând să plece cu ea câțiva pași mai departe și să vorbească.

-Nici măcar să nu începeți, doamnă... vă interzic să spuneți ceva rău despre fiul meu! i se adresează Rachel, privind-o cu răceală, în timp ce înaintează spre ea.

-Cred că eşti atât de mulţumită acum, Rachel... în sfârşit, ai reuşit să pui gheara pe averea familiei Burke. Nu te bucura prea mult, fiindcă nu am de gând să accept asta, spune Priscilla, după care pleacă, înainte ca vreunul din ei să poată reacţiona.

-Rachel...

-Chiar nu am nevoie de aşa ceva, Chase! Serios... îi spune Rachel, întorcându-i spatele, apropiindu-se de salonul fiului ei, unde doctorii îl monitorizau.

-Ascultă-mă, Rachel. Priscilla, mama mea, nu trebuie să te îngrijoreze. Noi doi ştim care e adevărul nostru, iar ea nu poate interveni în deciziile pe care le iau, o asigură Chase, punându-i o mână pe umăr.

-Uite care e adevărul meu, Chase: Leon. El e cel mai important pentru mine şi nu am să permit nimănui să vorbească într-un mod nepotrivit despre el. Nici măcar mamei tale!

-Sunt de acord, Rachel! Voi avea o discuţie cu ea pe tema asta, te asigur.

-Nu contează, Chase! Nu vreau să te cerţi cu ea pentru... Leon... îţi vine să crezi, nici măcar nu a întrebat cum se simte... îi spune ea încordându-se în clipa în care îi simte atingerea.

-Nu ştiu ce i-a venit. De obicei nu se poartă aşa... zice Chase, oftând.

-Nu mai contează! Hai să nu mai vorbim despre asta... spune Rachel, urmărindu-l cu privirea pe doctorul care ieșea din salon.

-Puteți intra să-l vedeți, dar nu mai mult de câteva minute, le spune doctorul.

-Mulțumesc, doctore, îi zice Rachel, intrând imediat în salon. Văzându-și fiul stând în pătuțul acela atât de diferit de cel de acasă, dar și faptul că respira cu ajutorul aparatelor, o face să simtă lacrimi în ochi. Se apropie de pătuț, luându-l de mână pe micuț.

-Doctorul a spus că îl țin sub observație până mâine, și dacă e totul bine, îl externează. Vezi? Nu trebuie să-ți faci griji, îi spune Chase, luând-o de mână, punându-și cealaltă mână pe mânuța fiului său.

-A spus el asta? îl întreabă ea, privindu-l curioasă.

-Da. Poți să fii mai liniștită puțin, doar nu vrei ca Leon să te vadă plângând când se trezește, nu? Vrei să-i spun că mama lui e o plângăcioasă? îi zice el, zâmbind, numai să o facă să se calmeze.

-Nu ai îndrăzni... am să neg totul... nu sunt o plângăcioasă. Doar îmi fac griji... îi zice Rachel, ștergându-și lacrimile. În plus, nu te-ar înțelege, e prea mic pentru asta.

-Poate că acum nu, dar peste câțiva ani... îi răspunde el, privind-o misterios.

Rachel își privește fiul din nou. Cu siguranță,

Chase va continua să facă parte din viața fiului ei, era conștientă că nu-i poate refuza asta. Se întreabă în sinea ei oare cum vor decurge lucrurile pe viitor între ei. Nu vrea ca Leon să crească și să-i vadă certându-se mai mereu, așa cum o fac acum. Nu trebuie decât să încerce să îl evite cât mai mult, pentru ca micuțul să nu sufere, văzându-și părinții în felul acela. Trebuie să aibă grijă ca Leon să nu treacă prin ceea ce trecuse ea, care își văzuse de atâtea ori părinții certându-se din nimic.

 -Rachel!
 -Ce e? îl întreabă Rachel încruntată. Se pare că el are menirea de a o distrage din gânduri, își spune.
 -Te întrebam dacă vrei să îți aduc ceva să mănânci sau altceva.
 -Nu vreau nimic! îi spune ea, privindu-și în continuare fiul.
 -Bine... zice Chase, surâzând ușor. Iese apoi din salon, decis să îi aducă oricum ceva. Nu mai mâncase de câteva ore, iar asta nu era bine.
 Rachel îl ia de mână pe Leon, rugându-se în gând pentru el. Are atâta nevoie de el în viața ei, încât nu poate concepe o eventuală tragedie. Nu ține minte să mai fi iubit pe cineva așa cum își iubește fiul. Poate că îl iubise pe Chase, dar asta era o altfel de iubire, una demult pierdută. Și totuși, imaginându-și că Chase ar fi pe un pat

de spital, ceva îi spune că acest lucru nu i-ar fi cu totul indiferent... aproape că tresare câteva minute mai târziu, văzându-l că intră în salon.

-Ți-am adus ceva să mănânci și niște apă, îi spune el categoric, dându-i-le în mână.

-Mulțumesc... răspunde, încercând să fie politicoasă.

-Cum se mai simte? o întreabă Chase, așezându-se pe un scaun, lângă ea și lângă patul în care se află Leon.

-La fel... ascultă, Chase, nu ești obligat să rămâi aici. Poți să pleci dacă ai alte planuri... îi spune Rachel, privindu-l pe furiș.

-Nu plec, Rachel! Leon e și fiul meu și nu simt nevoia să plec de aici, așa că mai bine taci și mănâncă, îi răspunde el hotărât.

-Serios? Un om important ca tine, să-și petreacă noaptea într-un spital? Îți dai seama ce suferință îi provoci mamei tale fiindcă te afli aici?

-Dacă nu taci, o să-mi vină vreo idee nu tocmai fericită în ceea ce te privește... înțelegi? o întreabă Chase, privind-o insinuant și făcând-o să roșească. Oricum se gândește de ceva vreme la ideea asta, își spune în sinea lui.

Rachel începe să mănânce și nu mai scoate nici un cuvânt. Nu avea nevoie de aluziile lui nepotrivite. Chase mănâncă și el, zâmbind în sinea lui. Nu găsește nicio plăcere mai mare în afară de aceea de a o tachina pe soția lui. Poate numai dacă... închide ochii, alungându-și gândul și concentrându-se asupra băiețelului său, sperând că acesta își va reveni și că în dimineața următoare îl va duce în brațe acasă, acolo unde îi este locul.

După ce termină de mâncat, Rachel merge să arunce ambalajele la coș, îndreptându-se apoi spre toaletă. Când se întoarce, îl vede pe Chase lângă patul lui Leon, serios și afectat. Ar putea să jure că l-a văzut ștergându-se discret la ochi, însă, probabil, i s-a părut. Oricum, imaginea o impresionează mai mult decât vrea să recunoască, la fel ca de fiecare dată când îi vede împreună. Chase este un tată atât de bun... de ce nu a putut să fie un iubit la fel de bun și să nu îi înșele așteptările? își spune ea, mergând încet spre pat. Se așază pe scaun, privindu-l pe Leon cum respiră.

-Ar trebui să încerci să dormi puțin! îi spune Chase, privind-o.
-Nu știu dacă pot... ar trebui să stau trează toată noaptea. Asta face o mamă, nu?
-Termină cu prostiile! Nu ajuți pe nimeni dacă ești obosită și nu vrei ca Leon să-ți vadă cearcănele mâine dimineață. Haide. Te trezesc dacă e ceva... o asigură el, mângâindu-i mâna.
-Nu-mi pasă de cearcăne! Mă lași să dorm o

oră, iar apoi mă trezeşti. Facem asta pe rând. Să nu uiţi...

-Nu uit! Du-te să dormi puţin, îţi va face bine, îi spune Chase, privind-o în timp ce ea se întinde pe canapeaua din salon.

-O oră, Chase! Doar atât... îl roagă, închizând ochii.

-Cum spui tu... îi zice Chase, întorcându-se spre Leon. Va fi o noapte lungă, îşi spune în sinea lui.

În scurt timp, o asistentă vine să îi schimbe perfuzia micuţului, moment în care Chase merge să îşi ia o cafea. Are nevoie de aşa ceva, dacă vrea să rămână treaz. După o oră, se uită la ceas, apoi la ea şi vede că încă doarme. Arată ca un înger dormind astfel, însă el ştie că ea e mica lui vrăjitoare, deghizată astfel. O lasă să facă asta în continuare, oricum trecuse prin multe în ultimele două zile. Se apropie de canapea, îi mângâie chipul, după care se aşază din nou pe scaun, veghind asupra lui Leon.

Capitolul XI

-Rachel, trezeşte-te!

-Ce este? Ce oră e? întreabă Rachel, deschizând încet ochii. Simte mâna lui Chase pe umărul ei şi vede lumină în dreptul ferestrei. Asta înseamnă că e dimineaţă.

-E ora şapte, iar Leon a deschis ochii. Doctorul spune că e bine şi că putem pleca acasă, acum pregăteşte actele, îi spune Chase fericit, dar obosit.

Rachel se ridică imediat de pe canapea şi merge lângă fiul ei, care o priveşte de parcă nimic nu s-ar fi întâmplat. Nu mai are nici perfuzii ataşate la braţe, nici aparate de care să fie legat.

-Frumosul meu... în sfârşit mergem acasă, spune Rachel, luându-l de mână. Şi tu, zice ea, întorcându-se spre Chase, m-ai lăsat să dorm toată noaptea. Nu trebuia. Arăţi atât de obosit, ar trebui să te odihneşti...

-Nu-i nimic, aveai nevoie de somn. Aşa e, sunt obosit, dar fericit. Fiul nostru e bine, asta e tot ce contează, îi zice Chase, venind lângă ea.

-Trebuia să mă trezeşti, ţi-ar fi fost mai uşor... spune ea, cuprinsă de remuşcări.

-Am învăţat că în viaţă lucrurile bune nu se obţin uşor...

-Doar nu vrei să mergi şi la firmă azi, nu?

-Nu. Vin cu voi acasă. Am vorbit cu Lewis şi cu Duncan să se ocupe de toate până mâine. Uite-l cât e de frumos, Rachel! Atât de mic şi atât de frumos... mă bucur atât de mult că e bine... spune Chase, punându-şi mâna peste mâinile fiului şi ale soţiei sale.

-Şi eu mă bucur... îţi mulţumesc că ai fost aici, Chase!

-Nu ai de ce să îmi mulţumeşti, nu puteam să

fiu în altă parte, îi zice el, mângâindu-i obrazul.

-Sunteți pregătiți să mergeți acasă? îi întreabă doctorul, intrând în cameră și întrerupându-i.

-Da! spune Rachel zâmbind.

-Atunci, din partea mea, sunteți liberi! Vă doresc multă sănătate! Să aveți grijă de voi! le zice doctorul, dând mâna cu Chase.

-Mulțumim, doctore! îi spun în cor Rachel și Chase.

Rachel îl ia apoi pe Leon și i-l dă în brațe lui Chase.

-Conduc eu! Măcar atât să fac, tu ești obosit, îi zice ea categorică.

-Bine, îi răspunse Chase zâmbitor, strângându-și fiul la piept.

Mai târziu, după ce ajung acasă, Chase îl pune pe Leon în pătuț, merge la duș, apoi în pat, adormind imediat. Rachel intră în dormitor, vrând să îi spună ceva, însă îl găsește dormind. Se oprește în prag și îl privește timp de câteva secunde. Chiar dacă Chase este imposibil uneori și se comportă ciudat, fusese totuși alături de Leon, iar asta o bucură.

Își simte inima strânsă. Chase e atât de frumos chiar și când doarme. Stă pe burtă, iar plapuma îl acoperă de la brâu în jos, dezvăluindu-i spatele gol și lat. Este o priveliște mult prea incitantă; Rachel inspiră adânc și iese din cameră, închizând încet uşa. Merge apoi în camera fiului ei, şi după ce vede că şi el doarme, se întinde pe pat, încercând să adoarmă, recunoscătoare că Leon se simte bine.

În după-amiaza aceea, vin să îi viziteze Melania şi Duncan, dar şi Lewis şi Carol, iar în urma acestei vizite se află că Melania şi Duncan sunt împreună, fiind felicitaţi de toţi cei prezenţi. Mai târziu, după vizita prietenilor lor, Rachel face ceva rapid şi uşor de mâncare, privindu-l discret pe Chase în timp ce mănâncă şi aşteptând o reacţie din partea lui.

-Ai reuşit să te odihneşti puţin? îl întreabă curioasă.
-Da, mi-a prins bine să dorm câteva ore, îi spune Chase, ridicându-se de la masă. Îmi place şi ce ai gătit, Rachel. Poate erai curioasă în privinţa asta... adaugă, ridicând-o de pe scaun şi luând-o în braţe.
-Nu chiar...
-Mincinoasă mică... în orice caz, meriţi un sărut pentru strădania ta. Nu mă privi aşa, e doar un sărut mic şi nevinovat, îi spune el, sărutând-o uşor. Dacă aşa o sărută într-un mod nevinovat, răscolind totul în ea, oare ce îi putea face un sărut adevărat...

Chase o ajută apoi să strângă de pe masă, după care merge în sufragerie, porneşte televizorul, lăsându-l mai încet, să nu-şi trezească fiul. Rachel vrea să meargă în dormitor, însă el vine în dreptul ei, oprind-o.

-E timpul, Rachel...

-Timpul pentru ce? îl întreabă ea, privindu-l temătoare. Bănuieşte că urmează să-i spună ceva serios, căci o priveşte în felul acela ciudat, caracteristic.

-Timpul să vorbim despre noi. Am aşteptat destul, nu crezi? o întreabă Chase, privind-o atent, văzând schimbările de pe chipul ei.

-Nu cred că e mare lucru de vorbit, Chase. Tot ce ştiu e că trebuia să plecăm împreună, să fugim împreună, mai bine zis, dar tu nu ai apărut. Te-am aşteptat două ore în gară, în noaptea aceea, dar nu ai venit, Chase! În mod sigur erai prea ocupat cu logodnica ta, ca să ai timp pentru mine. M-ai folosit şi m-ai alungat din viaţa ta când aveam cea mai mare nevoie de tine! Ai vreo idee despre cum m-am simţit, Chase?! Nu pot să cred cât de naivă am putut să fiu, am crezut în tine aşa cum nu mai crezusem în nimeni! Te-am iubit... te-am iubit mai mult decât pot să exprim în cuvinte, dar mi-a trecut. Mai târziu, dar mai bine aşa, decât deloc. Nu meriţi nici cel mai mic sentiment de umanitate din partea mea! Singurul lucru bun pe care mi l-ai lăsat e fiul meu... îi spune Rachel, ridicând tonul.

Nu mai poate rezista, toate acele lucruri

sunt ca o bombă în inima ei, o bombă care în momentul acesta explodează cu toată forța.

-Despre ce vorbești, ce logodnică?! Nu am avut așa ceva și în mod sigur, singura femeie pe care aș fi făcut-o logodnica mea ești tu, Rachel...

-Nu minți, Chase! Mama ta... ea mi-a spus că, dacă te iubesc, să plec din viața ta și să te las să trăiești liniștit alături de logodnica ta, pe care o aveai în timp ce erai cu mine, Chase! Nu îndrăzni să negi asta! îi spune Rachel, privindu-l cu ură.

-Mama a avut legătură cu despărțirea noastră?! Nu am avut niciodată vreo logodnică, Rachel, și în niciun caz nu am fost cu altă femeie în timp ce eram cu tine! îi zice Chase furios, prinzând-o de braț.

-Și totuși, te-am așteptat în gară în noaptea aceea, să lămurim toate astea. Dar nu ai apărut, Chase. Pur și simplu nu ai venit! M-ai lăsat singură, după ce mi-ai promis că fugim împreună! Înțelegi acum de ce te urăsc atât de mult?! Noroc că m-a găsit bunica mea acolo, fiindcă le lăsasem un bilet părinților mei, în care le spuneam că plec și îmi luam rămas-bun de la ei. Ea m-a luat sub protecția ei și mi-a purtat de grijă, iar pentru asta îi voi fi mereu recunoscătoare, în timp ce pe tine te disprețuiesc din toată inima, Chase! îi spune ea, privindu-l cu ură, tremurând.

-Vrei să știi de ce nu am ajuns la tine în noaptea aia?! Vrei?! o întreabă furios.

-Dacă tot am ajuns să vorbim despre asta...

da, vreau să ştiu. Măcar acum, după doi ani, vreau să ştiu adevărul. Merit să îl ştiu! îi zice Rachel, privindu-l cu furie şi durere. Îşi simte inima răscolită din cauza atâtor amintiri, ce ies la iveală.

-În noaptea aia a murit tatăl meu, Rachel! De asta nu am ajuns la tine! îi spune Chase, lăcrimând, privind-o cu durere şi furie.

-Tatăl tău... a murit? îl întreabă, abia reuşind să vorbească. E surprinsă de ceea ce aude. Îl judecase greşit, îl urâse şi totul pentru ce...

-Da, Rachel. Din nefericire, s-a întâmplat chiar în noaptea aceea. Mai târziu, când am reuşit să mă strecor din casă şi să te caut, erai deja plecată. Pur şi simplu parcă dispăruseşi fără urmă, Rachel! Am fost devastat de durere, Rachel. Pierdusem femeia pe care o iubisem atât... am întrebat-o şi pe Melania despre tine, dar nu mi-a spus nimic. Tot ce am reuşit să aflu de la ea a fost că nu ştie nimic despre tine, fiindcă nu i-ai spus unde eşti.

-Aşa e, Chase. Nu i-am spus unde sunt, iar când vorbeam uneori cu ea îi spuneam alte lucruri, nu ăsta. Îmi pare rău pentru moartea tatălui tău, dar şi pentru tot ceea ce s-a întâmplat rău între noi... îi spune Rachel, plângând. Se simte pustie pe dinăuntru, şi şi-ar dori ca toate acele lucruri să nu se fi întâmplat, iar situaţia să fie cu totul altfel între ei.

-Îţi dai seama, Rachel... ce ne-au făcut...

ce i-am lăsat să ne facă... îi zice Chase, trist, privind-o, cu ochii în lacrimi. Realizează dintr-o dată că totul a fost în zadar. Toată ura, toată suferința... totul... sentimentul este atât de puternic încât îl doare. O pierduse pe femeia pe care o iubise, la fel cum pierduse atâtea lucruri legate de fiul său, lucruri pe care nu trebuia să le piardă...

Chase o privește pe Rachel, conștient că și ea simte aceleași lucruri, la fel de puternic.

-Chase... ce facem acum? îl întreabă ea, ștergându-și lacrimile.

-Vino aici, Rachel... îi spune el, luând-o în brațe, mângâindu-i părul lung. Cumva, nu știu cum, dar vom face ca totul să fie bine, îți promit...

-Doare atât de mult, Chase... mă obișnuisem cu respingerea pe care am primit-o din partea familiei mele, însă pe tine te-am iubit așa cum nu mai iubisem pe nimeni... a fost groaznic să fiu singură, fără tine alături...

-Știu, Rachel. Și pentru mine e la fel. Am crezut că îmi pierd mințile când am înțeles că ai plecat. Am ajuns chiar să nu îmi mai doresc să trăiesc, dar Lewis m-a oprit să fac vreo nebunie... îi spune, cu glas scăzut.

-Chase, nu. Nu spune asta... îi zice Rachel, desprinzându-se de pieptul lui și privindu-l cu teamă. Nici nu se poate gândi la așa ceva...

-E adevărul, Rachel! Mai târziu, când ne-am reîntâlnit și am aflat ce secret îmi ascunzi, am fost hotărât să te fac să suferi cel puțin la fel de mult cât am suferit eu...

-Și acum? îl întreabă ea, privindu-l cu o ușoară stare de disconfort.

-Să spunem că am luat cu totul alte decizii, asta e tot ce trebuie să știi acum... îi zice Chase, privind-o cu drag.

-Poți... poți să mă ții în brațe, Chase? Doar atât... am atâta nevoie de asta, chiar dacă mi-e atât de greu să ți-o spun...

-Sunt aici, Rachel. De data asta nu mai trebuie să aștepți, să mă aștepți... îi spune el, îmbrățișând-o mai strâns ca niciodată. În acel moment știa cu certitudine că n-o va mail lăsa din brațe.

Rachel se lasă îmbrățișată, dând frâu liber lacrimilor care o eliberează de durere. Este conștientă cât de mult i-a lipsit să-l simtă lângă ea, să fie alături de acel Chase pe care îl adorase pur și simplu, la un moment dat. Descoperă, nu foarte surprinsă, că sentimentele pentru el n-au dispărut niciodată, ci doar fuseseră ascunse într-un colț secret al inimii ei.

-Mi-a fost dor de tine, Chase! Mi-a fost atât de dor...

-Știu, Rachel! Și mie mi-a fost dor de tine... îi spune el, ridicând-o în brațe. O duce în dormitor și o așază pe pat. Se așază apoi lângă ea, îmbrățișând-o din nou, aducând-o la pieptul său, acolo de unde nu mai trebuie să plece niciodată.

O alină în timp ce plânge, moment în care și el își șterge câteva lacrimi pe care nu le poate reține. Este momentul regăsirii lor, unul pe care amândoi îl trăiesc din plin. Adorm îmbrățișați, iertându-se unul pe celălalt.

Capitolul XII

Chase se trezește primul. Zâmbește, privind-o dormind în brațele lui. E atât de bine să o simtă lângă el. Îi mângâie chipul, conștient de căldura pe care o simte din nou învăluindu-i inima, căldură pe care o crezuse pierdută. În sfârșit, lucrurile încep să revină la normal.

-Rachel... trezește-te, iubito...
-Cred că visez... îi spune Rachel, primindu-i sărutul care o tulbură de fiecare dată. E atât de bine să-l audă spunându-i iubito. A trecut ceva timp de când nu-i mai spusese astfel.
-Înseamnă că visăm amândoi, Rachel și nu pot decât să mă bucur fiindcă visăm împreună același lucru. Din fericire, e chiar mai mult decât un vis. E realitatea pe care o vei trăi în fiecare zi alături de mine, fiindcă am de gând să recuperăm timpul pierdut, îi zice Chase, sărutând-o din nou.

Rachel îl lasă să o sărute, în timp ce îi înconjoară gâtul cu brațele, și își trece degetele prin părul lui. Chase o sărută timp de câteva minute bune, după care își amintește că trebuie să plece la firmă. Se desprinde cu greu de ea, conştient de faptul că şi-ar petrece cel puţin câteva ore bune cu ea acolo, în pat.

-Din păcate trebuie să plec, dar ne vedem mai târziu, Rachel! Ai grijă de tine şi de fiul nostru! Voi sunteţi cei mai importanţi pentru mine, îi spune el, sărutându-i mâna înainte de a se ridica din pat.

-Voi avea, Chase! Şi tu să ai grijă de tine, fiindcă eşti cel mai important pentru noi... îi zice ea, privindu-l cu drag, văzându-i afecţiunea din privire. I-ar spune şi alte lucruri, însă îi este teamă să facă pasul. Îi este teamă să-şi deschidă de tot inima în faţa lui, cel puţin deocamdată.

Chase îi zâmbeşte în felul lui unic şi irezistibil, înainte de a ieşi din cameră. După ce face un duş rapid, îşi sărută fiul şi pleacă, mai nerăbdător ca niciodată să se întoarcă acasă.

Rachel se mai întinde o dată în pat înainte de a se ridica. Se schimbă într-o pereche de pantaloni groşi, negri, luându-şi o bluză albă. După ce îşi prinde părul într-o coadă simplă, merge să se ocupe de Leon, pe care îl schimbă şi îl hrăneşte. Se simte fericită, mai fericită ca niciodată şi are de gând să lupte pentru a prelungi starea care o copleşeşte. Deşi este o zi de ianuarie, soarele parcă are ceva special în strălucire, luminând-o şi bucurând-o cu razele lui, care se reflectă puternic în zăpada albă şi pufoasă.

În timp ce se joacă cu Leon, Rachel aude soneria de la uşă. Merge să deschidă, având totuşi un sentiment ciudat care parcă îi umbreşte bucuria. Deschide uşa şi vede că în faţa ei se află Priscilla. O priveşte surprinsă, neavând încredere în blândeţea pe care o afişează aceasta. Ştie prea bine cine e soacra ei şi nu are de gând să se lase păcălită din nou.

-Bună ziua, Rachel! M-am gândit să vă fac o vizită, că doar nu am reuşit încă să îmi cunosc nepotul... pot să intru?

-Bună ziua... intraţi! îi spune Rachel, dându-se la o parte. S-ar simţi mult mai bine dacă Chase ar fi acolo, însă nu are ce să facă. Luxul şi snobismul afişat de femeia aceea o irită. Priscilla a avut întotdeauna puterea de a o face să se simtă inferioară, ca şi când ar fi nesemnificativă, în comparaţie cu Chase, care o făcea să se simtă cea mai importantă persoană pentru el.

-Chase e aici? o întreabă Priscilla, întorcându-se spre ea.

-Nu, a plecat mai devreme la firmă.

-Mai bine, putem vorbi liniştite! îi zice ea, privind-o cu răceală.

-Luaţi loc! Vreţi să vă aduc ceva? o întreabă Rachel, inspirând adânc. Trebuie să fie politicoasă, totuşi speră că vizita nu va dura mult.

-Nu, vreau doar să vorbim, Rachel!

Rachel se așază pe canapea, privindu-și fiul care se joacă în țarcul cu jucării.

-Spuneți...

-În primul rând, pot să îmi iau nepotul în brațe? o întreabă Priscilla ridicându-se de pe canapea.

-Nu! îi spune Rachel izbucnind. Nu se poate abține, femeia aia nu-i inspiră deloc încredere.

-Nu? Mă întreb de ce oare. Poate ai remușcări fiindcă de fapt nu e nepotul meu, nu?

-Puteți să credeți ce doriți, pe mine nu mă interesează părerea dumneavoastră. Mi-e de ajuns că știu ce părere are Chase despre asta, așa că...

-Sigur că da... a fost ușor să-l prinzi din nou în mrejele tale? Nu a trebuit decât să i te bagi în pat, așa cum ai făcut-o și atunci, acum doi ani... în fond, cu asta se ocupă femeile ca tine... pot doar să spun că încă mă șochează decizia fiului meu de a se căsători cu o ușuratică așa cum ești tu... dacă într-adevăr l-ai iubi, așa cum pretinzi, l-ai lăsa în pace și ai ieși din viața lui. Oricum nu ar fi fericit alături de una ca tine. La un moment dat, ar ajunge să îi fie rușine cu tine. Gândește-te că trebuie să apăreți împreună la un eveniment, iar tu nici măcar nu știi ce rochie și ce machiaj să alegi, fiindcă habar nu ai despre lucrurile astea. Vei ajunge să îi distrugi viața lui Chase. Eu am venit doar să îți prezint viitorul. Chiar vrei asta pentru el? Vrei să trăiești ziua în care Chase te va privi cu ură fiindcă nu știi să fii soția potrivită pentru el? Uite, spune-mi prețul tău. Cât ceri să îl lași în pace? Îți ofer suma cerută, numai pleacă din viețile noastre! îi spune Priscilla, scoțând carnetul de cecuri din poșetă.

Rachel o privește, o ascultă și nu îi vine să creadă câte absurdități poate să spună femeia aia dezgustătoare.

-Știți ce? Tocmai fiindcă îl iubesc pe Chase, nu am să mai plec de lângă el vreodată. Nu am de gând să vă ascult minciunile din nou! Dacă am ales să fiu cu Chase acum doi ani a fost din dragoste și nu regret nicio secundă ce am făcut! Ba mai mult, dacă ar fi să dau timpul înapoi, aș face-o din nou, fiindcă îl iubesc pe Chase. Fie că vă place, fie că nu, eu și Chase suntem împreună și așa vom rămâne. Până la final! îi zice Rachel, mai hotărâtă ca oricând.

-Ești doar o piedică în calea fericirii fiului meu, fetișcană oportunistă. Nu vrei decât banii lui! Nu ești decât aceeași fetiță mizerabilă și marginalizată, fiica unor alcoolici! Nici măcar părinții tăi nu te-au iubit, amărâto! Chiar crezi că Chase te iubește?! Nici gând! Iubirea pe care pretinde că ți-o poartă e doar paravanul pentru răzbunarea lui. Vrea să îți ia fiul, iar eu voi fi prezentă peste doi ani, atunci când se va întâmpla asta, te asigur! Abia aștept să fiu din nou martoră la nefericirea ta! îi spune Priscilla, ridicând tonul și privind-o cu venin.

-Cred că Chase e destul de mare să ştie exact ce şi cine anume îi poate aduce fericirea... acum vă rog să plecaţi din casa mea! îi zice Rachel, închizând ochii pentru câteva secunde, pentru a-şi reţine lacrimile pe care le simţea arzându-i ochii. Priscilla reuşea să o necăjească de fiecare dată când o vedea. Nu ştia cum putuse să apară un bărbat dulce şi bun ca Chase dintr-o astfel de femeie, o viperă veninoasă.

-Plec, plec! Oricum, locul ăsta e impropriu pentru mine, dar şi pentru copilul lui Chase, asta dacă e într-adevăr copilul lui... ne vedem peste doi ani, când un judecător va decide să fii decăzută din drepturile părinteşti, iar Chase va fi unicul părinte al acelui copil... mai spune Priscilla, zâmbitoare, înainte de a pleca, afişând aceeaşi răutate sufocantă.

Rachel închide uşa în urma ei, iar apoi îşi ia fiul în braţe, strângându-l cu drag. Priscilla ştie despre planul lui Chase, iar asta o pune pe gânduri. Îşi şterge lacrimile pe care le simţea alunecând pe obraz, din cauza tuturor lucrurilor pe care i le spusese soacra ei, unele fiind atât de dureros de adevărate. E sătulă să fie judecată numai prin prisma comportamentului părinţilor ei. Până la urmă, ea nu este vinovată de felul în care aceştia îşi trăiseră viaţa. Mai târziu, îşi culcă fiul, iar apoi pregăteşte ceva de mâncare pentru când avea să vină Chase acasă. Câteva ore după aceea, Rachel se întinde pe canapea şi adoarme în timp ce citeşte.

Chase ajunge acasă mai devreme ca de obicei, nerăbdător să îşi revadă soţia şi copilul. Pune surpriza în dormitor, iar apoi o trezeşte pe Rachel, sărutând-o. Parcă nu se mai satură să facă asta, îi este atât de dragă, ea e totul pentru el.

-Ai venit... îi spune Rachel, deschizând ochii, bucurându-se să îl vadă acasă.
-Sigur că am venit! Aşteptai pe altcineva? o întreabă Chase, tachinând-o, îmbrăţişând-o în acelaşi timp.
-Să mă gândesc... îi răspunde ea, zâmbind, lăsându-se cuprinsă de braţele lui.
-Să te gândeşti? Îţi dau eu motive la care să te gândeşti, vrăjitoare mică... îi zice Chase, aducând-o în câteva secunde deasupra lui, pe genunchi, sărutând-o din nou, surprinzând-o.
Îi mângâie spatele şi părul, iar apoi chipul, gustându-i buzele cu o senzualitate excitantă.
-Chase... îi spune Rachel, desprinzându-se de el, deşi se simte atât de bine în braţele lui.
-Ce e, Rachel? o întreabă el, observându-i seriozitatea din privire.
-Priscilla ne-a făcut o vizită azi... zice ea, coborându-şi privirea.
-Ce a spus? Te-a supărat din nou? îi spune

Chase bănuitor, luându-i mâinile în mâinile lui.

-Da... a spus multe lucruri urâte şi chiar a vrut să mă plătească, numai să plec din viaţa ta.

-Nu pot să cred de ce e în stare femeia aia! Ştiu că mă iubeşte, dar ăsta nu e un motiv să te supere. Îmi pare rău, nu am reuşit încă să vorbesc cu ea, dar şi când o voi face, va avea multe de auzit de la mine... ce altceva ţi-a mai zis? o asigură el, sărutându-i mâinile, privind-o cu drag.

Rachel îi povesteşte totul, exact aşa cum s-au petrecut lucrurile, văzând încruntarea de pe chipul lui Chase.

-Priscilla a avut un comportament de neiertat, ştiu asta. Faptul că te-a jignit şi te-a supărat mă întristează foarte mult. Mâine o voi pune la punct. Dacă vrea să nu mă piardă de tot ca fiu al ei, va trebui să te respecte şi să accepte ceea ce e între noi. Nu se poate altfel... îi spune Chase, îmbrăţişând-o din nou.

-Nu vreau să te cerţi cu ea, Chase. Nu pentru nişte prostii ca astea, nu merită... îi zice Rachel, lipindu-se de el.

-Nu mă cert, discut. Sunt aici şi sunt cu tine, Rachel, ştii asta, nu-i aşa? o întreabă el, mângâindu-i chipul.

-Ştiu, dar... i-ai spus de planul tău de răzbunare, Chase. Mi-a mai zis că abia aşteaptă să mă vadă suferind în momentul în care mi-l vei lua pe Leon... încă mai vrei asta, Chase?

-Recunosc că, într-un moment de tristeţe, i-am spus despre asta, dar lucrurile s-au schimbat, Rachel. Şi, oricum, ţi-am spus zilele trecute că nu te voi despărţi de Leon şi am vorbit serios. Odată cu ziua de ieri şi cu discuţia aceea pe care am avut-o, credeam că ai înţeles asta... mă crezi, Rachel? Spune-mi că mă crezi...

-Nu am altă soluţie, nu? îl întreabă ea, zâmbind în cele din urmă.

-Nu, nu ai. Am să te fac să ai încredere în mine din nou, Rachel, şi voi avea timp să fac asta... îi spune Chase, răsuflând uşurat, văzând-o zâmbind. Mă bucur că ai avut curaj să îi spui Priscillei toate lucrurile alea. Nu eşti deloc o femeie aşa cum te-a descris ea, din niciun punct de vedere. Eşti soţia mea, cea mai importantă femeie pentru mine, iubito, şi am să-ţi demonstrez asta în fiecare zi...

-Iar tu, Chase, eşti bărbatul care a reuşit să îmi ofere atâtea lucruri frumoase, lucruri pe care nu le voi uita niciodată... îi promite ea, adunându-şi curajul.

-Mă voi asigura de asta... promite şi el, dăruindu-i încă un sărut din acelea care aveau puterea de a-i fermeca pe amândoi.

Câteva minute mai târziu, Chase se desprinde de ea, amintindu-şi de surpriza pe care o lăsase în dormitor. Voia să îi ofere un nou motiv de fericire soției lui și să o vadă zâmbind.

-Stai aici, vin imediat, îi spune Chase, așezând-o pe locul unde stătuse mai devreme, pe canapea.

-Ce e? îl întreabă ea curioasă, observând că el avea din nou privirea aceea misterioasă.

-Ai răbdare, mă întorc imediat, îi zice Chase, sărutând-o rapid, după care pleacă. Avea ceva important de făcut și nu poate decât să spere că ceea ce va face va fi pe placul ei.

Rachel rămâne cuminte pe canapea, gândindu-se ce oare mai are de gând soțul ei, care este plin de surprize în ultima vreme. Îl privește apoi cum apare în pragul sufrageriei, cu Leon în brațe și cu un urs mare de pluș alb, pe care îl ține lângă fiul ei.

-Asta e pentru tine, Rachel... sper, adică, sperăm, să îți placă... îi spune Chase zâmbitor, văzând lacrimile din ochii ei. Știe cât de mult înseamnă gestul acesta pentru ea. Înaintează spre ea, observându-i și savurându-i emoția.

-Serios? Chase, știi cât de mult mi-am dorit așa ceva... am crezut că ai uitat de atunci... îi zice ea, simțind că abia mai poate vorbi.

-Ai putea să-l iei în brațe, devine cam greu aici, la mine. În plus, Leon se poate atașa de el, dacă nu-l iei mai repede. Când l-am văzut în magazin, pe raft, avea numele Rachel scris pe el, deşi, desigur, doar eu vedeam asta...

-E minunat, mulţumesc mult, Chase... chiar ai de gând să mă faci să plâng, nu? îi spune ea, luând ursul în braţe. Este imens, superb şi exact aşa cum îşi dorea să fie.

-Doar dacă e de bucurie şi nici atunci prea mult, ai înţeles? îi zice el zâmbitor.

Rachel îşi îmbrăţişează jucăria primită, închizând ochii pentru câteva secunde, bucurându-se de moment. Visa de mică să aibă aşa ceva şi, în sfârşit, dorinţa i se împlinise. În acest moment simte că îl iubeşte şi mai mult pe Chase, dacă e posibil să-l iubească mai mult decât o face deja...

-Caută în buzunarul ursuleţului, Rachel. E ceva acolo care îţi aparţine... îi spune Chase, privind-o cu drag, în timp ce îşi aşază mai bine fiul în braţe.

Rachel îl ascultă şi scoate din buzunăraşul în formă de inimioară cerceii pe care îi lăsase zilele trecute pe biroul lui. Îl priveşte emoţionată şi plăcut surprinsă.

-I-ai păstrat...

-Îţi aminteşti, mi-ai spus să nu îţi mai dăruiesc nimic, însă sunt hotărât să nu te ascult, aşa cum voi face şi în alte situaţii. Pune-i, locul lor e la tine, Rachel, îi spune Chase, apropiindu-se de ea.

-Eşti atât de încăpăţânat, Chase... îi zice Rachel, privindu-l zâmbitoare. Aşază ursuleţul pe canapea şi îşi pune apoi cerceii, conştientă de privirea arzătoare a soţului ei.

-Dacă nu eram încăpăţânat nu mai eram acum lângă voi doi... nu pot decât să mă bucur de încăpăţânarea mea...

-Şi eu mă bucur, mă bucur foarte mult... mărturiseşte ea, venind lângă el. Vrea să îl sărute, însă el face un pas înapoi.

-Nu încă, Rachel. Mai am un singur lucru de făcut, înainte ca tu să mă tentezi astfel... adică, noi avem, spune el arătând spre Leon.

-Ce mai e, Chase, ce pui la cale? îl întreabă ea, prefăcându-se încruntată.

-Cred că m-am descurcat bine până acum, nu?

-Da...

-Ei bine, mai vreau, adică, mai vrem ceva de la tine, noi, eu şi Leon... de fapt e doar ideea lui, dacă vrei să ştii... îi spune el pe un ton inocent. Aproape că nu-şi mai găseşte cuvintele.

-Chase... am eu impresia sau eşti puţin nervos?

-Poate, puţin... în fond e prima dată când fac asta şi e normal să fiu aşa, fiindcă vreau să iasă bine...

-Ei bine, spune ce e? Mă faci să devin tot mai curioasă... îi spune ea, nerăbdătoare.

-Ă... uite care e planul... eu şi Leon vrem ca tu să... în fine, am uitat discursul pe care mi-l pregătisem, îi zice el, lăsându-se în genunchi, ținându-și fiul în brațe. Ideea e că noi doi vrem să te întrebăm dacă... vrei să fii soția mea și în sens religios, adică să ne căsătorim și în fața unui preot... dar dacă crezi că e prea repede sau nu ești de acord... of, zi ceva odată, o s-o iau razna de atâta așteptare... îi cere Chase, emoționat.

-Da, Chase. Nu-mi doresc ceva mai mult decât asta... îi răspunde Rachel fericită. Felul în care stă în fața ei, cu Leon în brațe, o emoționează foarte mult. Se lasă, la rândul ei, jos, lângă ei, îmbrățișându-i și sărutându-i pe amândoi. Nicicând nu se mai simțise atât de fericită și de împlinită ca atunci. Până și Leon îi privește zâmbitor, întinzând mânuțele spre părinții săi.

-Ce bine... mă faci atât de fericit, Rachel... te iubesc, îi spune el, sărutând-o.

-E valabil și pentru tine, Chase. Și eu te iubesc...

Câteva minute mai târziu, cei doi îl hrănesc împreună pe Leon și tot împreună îi fac baie, după care îl duc la culcare.

-Știi... îmi amintesc când ai trecut pe lângă vitrina acelui magazin acum doi ani. Te-ai uitat câteva minute bune la un urs ca ăsta și, deși nu ai spus nimic, am știut că ți-l doreai. Îmi pare rău că nu am reușit să ți-l iau mai repede, îi spune Chase luând-o de mână, în timp ce Rachel stă pe canapea, lângă cadoul ei.

-Îți mulțumesc încă o dată pentru el. E minunat... îți mulțumesc și pentru Leon, el a fost și este una dintre bucuriile vieții mele, îi spune ea, privindu-l recunoscătoare.

-Nu ai pentru ce, Rachel. Mă bucur că suntem din nou împreună, asta e tot ce contează... când ai plecat, am fost conștient că aveam multe: o casă, o familie, bani, prieteni. Însă lipsea ceea ce era mai important: tu. Vreau doar să știi asta, îi zice Chase, mângâindu-i obrazul și privind-o cu drag.

-Știu asta acum. Știi cum se spune: mai bine mai târziu, decât niciodată... îi răspunde ea, mângâindu-i chipul. Îi este atât de drag, încât simte că poate să spere și să iubească din nou.

-Începând de azi vom încerca să uităm tot ce ne-a făcut să ne doară în trecut, Rachel. Știu că nu e ușor, niciunuia dintre noi nu i-a fost, însă vom face totul pentru a încerca să fim fericiți împreună, așa cum merităm. Gata cu minciunile, cu durerea și cu secretele. E timpul să facem ce știm noi mai bine, ceea ce făceam înainte să o luăm pe drumuri diferite: e timpul să ne iubim așa cum ne-am dorit întotdeauna. Suntem liberi să facem asta acum. Nu mai contează nimic altceva, nici familiile noastre, nici părerile celor din jurul nostru. Contăm doar noi și Leon, atât.

-Crezi că vom reuși, Chase? Nu a fost prea mult pentru noi? îl întreabă Rachel, privindu-l cu drag, dorindu-și din toată inima să le fie bine.

-Cu siguranţă vom reuşi, Rachel. Ne iubim prea mult ca să eşuăm. Vino aici, îi spune el, luând-o în braţe, ţinând-o pur şi simplu la pieptul lui.

Capitolul XIII

După o săptămână...

-Poţi săruta mireasa! spune preotul, adresându-se mirelui, care aşteaptă emoţionat.

Chase ascultă îndemnul preotului şi îşi sărută mireasa, care arată splendid în rochia albă, ce are o trenă lungă, aşa cum îşi dorise. Îşi apropie chipul de al ei, privind-o cu dragoste, îndepărtându-i şuviţele de păr de lângă obraji, iar apoi îşi lipeşte buzele de ale ei, sărutând-o cu toată forţa dragostei sale. Îşi simte inima bătându-i cu putere, în timp ce gustă buzele soţiei lui, conştientizând că ceea ce trăieşte în aceste momente depăşeşte graniţele dorinţei pur fizice. O iubeşte pe Rachel mai mult decât poate să spună şi mult mai mult decât poate să arate. În sfârşit, îşi simte inima cuprinsă de iubire, sentiment care rămăsese ascuns până o regăsise.

Rachel închide ochii, lăsându-şi buzele capturate de sărutul îmbietor şi seducător pe care Chase i-l oferă, auzind reacțiile de bucurie ale invitaților lor. În aceste momente simte o fericire de nedescris, așa cum nu mai trăise până atunci. Își dorise atât de mult să ajungă să trăiască clipa aceasta, ziua aceasta, să devină soția bărbatului pe care îl iubea, încât se simte învingătoare. Știe, mai mult ca oricând, cât de norocoasă e să aibă parte de dragostea lui Chase, dar și de cea a lui Leon, rodul iubirii lor. În sfârșit, destinul o răsplătea pentru toată suferința pe care o trăise în trecut și nu își dorește nimic mai mult, decât să fie fericită alături de cele mai importante persoane din viața ei. Aproape că îi vine să prelungească momentul la nesfârșit.

Cei doi miri sunt apoi felicitați de către invitați, după care pleacă toți spre restaurantul unde urmează să petreacă împreună în cinstea fericitului eveniment. Mai târziu, în timp ce dansează, Chase o sărută din nou, simțindu-se fermecat în întregime de frumoasa lui vrăjitoare.

-Te iubesc, Rachel, iubita mea, soția mea, dragostea mea... îi spune Chase, desprinzându-se cu greu de buzele ei dulci și ademenitoare.

-Și eu te iubesc, Chase! Am visat atât de mult la clipa asta, iar acum chiar se întâmplă... e minunat... îi răspunde Rachel, emoționată.

-Așa e, e minunat... dar tu ești mai minunată, Rachel. Știi... mi-am dorit de mult timp să am

SUFLETE PERECHE

parte de o femeie care să mă iubească pentru ceea ce sunt atunci când nu port costumul de manager şi să fiu căutat numai pentru contul meu bancar, sau pentru alte abilități pe care mă abțin să le înșir, ca să evit să te văd roșind, iubito... oricum, ideea e că mă bucur că te-am întâlnit şi că te am, îi zice Chase, în timp ce se lipește de soția lui, dansând alături de ea.

-Şi eu mă bucur că te am, Chase. Eşti singurul care a ştiut să scoată la iveală ceea ce am mai frumos şi bun, deși am întâmpinat şi piedici în drumul nostru. Când mă uit la tine, nu îl văd pe Chase managerul, ci pe bărbatul căruia i-am dăruit şi îi dăruiesc în continuare iubirea mea, să nu ai nici cea mai mică îndoială în privința asta... îi spune Rachel, strângându-l mai puternic în brațe.

-Ştiu, iubito, ştiu... dar nici tu să nu ai vreo îndoială în privința faptului că te iubesc, dar şi că te-aş lua de aici chiar acum şi aş face dragoste cu tine în momentul ăsta... îi şoptește el, pe un ton seducător.

-Chase Burke, petrecerea numai ce a început, trebuie să mai ai răbdare... îi zice ea, roșind uşor.

-Nu poți să spui că nu am avut răbdare până acum, nu-i aşa? o întreabă el, sărutând-o uşor pe gât, îmbătându-se cu aroma ei.

-Sigur... de asta ai vrut ca nunta să aibă loc cât mai repede posibil... îi spune Rachel, zâmbind.

-Am vrut să fac lucrurile cum trebuie, măcar

de data asta. Știu cât de mult înseamnă pentru tine și vreau să îți amintești asta, iubito...

-Ești atât de dulce, Chase... mă faci să mă înduioșez de atâta tandrețe... îi mărturisește ea, privindu-l cu drag.

-Și tu ești dulce, Rachel... și abia aștept să mă delectez cu dulceața ta... îi zice Chase, sărutând-o din nou, simțind că nu se mai satură.

Odată încheiat dansul mirilor, este rândul celorlalți invitați să vină pe ringul de dans, iar la un moment dat să schimbe partenerii. Astfel, Chase dansează acum cu Melania, iar Duncan dansează cu Rachel.

-Ești o mireasă foarte frumoasă, Rachel! Chase e un bărbat norocos, iar eu nu pot decât să mă bucur pentru voi... vă doresc toată fericirea din lume! îi spune Duncan, zâmbind.

-Mulțumesc, Duncan, dar nu vreau toată fericirea din lume! Mai trebuie să vă rămână și ție și Melaniei, îi spune Rachel zâmbind.

-Ești foarte generoasă, Rachel! Mulțumesc... răspunde el, privind-o cu drag.

-Prietena mea nu putea să aibă lângă ea un bărbat mai potrivit decât tine, Duncan. Vă meritați unul pe celălalt și vă doresc numai bine amândurora.

Duncan face un semn aprobator din cap, recunoscător și mulțumit.

-Să nu îi mai frângi inima niciodată, Chase, îi spune Melania încruntându-se, în timp ce dansează cu el.

-Cu siguranță voi încerca să evit asta, Melania, îi răspunde el serios, știind că va face tot posibilul să își respecte promisiunea.

-În cazul ăsta, eu mă declar mulțumită, îi zice Melania, zâmbindu-i în sfârșit. Tu ești singurul lucru de care Rachel are nevoie pentru a fi fericită, să nu uiți asta...

-Și în cazul meu e la fel, te asigur. Revenind la lucruri mai serioase, se pare că vrei să faci ca în grupul meu de prieteni să nu mai existe niciun burlac. Cum e Duncan, sper că se poartă frumos cu tine... îi spune Chase, zâmbind.

-Deocamdată e prea devreme să vorbim despre renunțarea la burlăcie, dar poate cu timpul... oricum, Duncan e un cavaler, de asta poți fi sigur... nici nu e de mirare că îl plac atât de mult...

-Și el te place! Mult...

-Ești prietenul lui, ce altceva ai putea să spui?

-Spun adevărul! Văd cum te privește și asta îmi e de ajuns. Vă doresc să fiți fericiți împreună și nu uita că aștept o invitație la nunta voastră într-o zi...

-Mulțumesc, Chase! Și eu vă doresc să vă iubiți mereu și să aveți grijă unul de celălalt, dar și de Leon. Asta e cel mai important...

-Sunt de acord, Melania. Și eu îți mulțumesc. Am o rugăminte: să primesc odată invitația aia, abia aștept să mă amuz pe seama lui Duncan... îi spune Chase zâmbitor, făcând-o și pe Melania să zâmbească.

Câteva ore mai târziu, odată ajunși acasă, Rachel e trecută peste prag, avându-l pe Leon în brațe, gest care o emoționează până în adâncul inimii. După aceea, își schimbă fiul în pijama, ajutată de Chase, care îi privește cu drag pe amândoi. La final, Rachel îl ia în brațe pe Leon, în timp ce este îmbrățișată, la rândul ei, de către Chase.

-Vă iubesc atât de mult pe amândoi... le spune Rachel fericită.
-Și noi te iubim, Rachel, poți să fii sigură de asta... îi zice Chase, sărutând-o ușor pe gât, în timp ce o ține în brațe.

Rachel își sprijină timp de câteva secunde capul de pieptul lui, după care îl duce pe Leon la culcare. Revenind în sufragerie, îl privește pe Chase, care stă pe canapea.

-Rachel... ai vrea să dansezi cu mine? o întreabă el, privind-o cu drag.
-Da... îi răspunde ea, apropiindu-se de Chase.

SUFLETE PERECHE

El o îmbrăţişează şi începe să danseze cu ea, savurând senzaţia dată de corpul ei lipit de al său.

-Eşti frumoasă, Rachel... ştii asta, nu? îi şopteşte Chase, lipindu-şi buzele de urechea ei.

-Numai datorită ţie, dragul meu... şi tu eşti frumos şi nu pot decât să mă consider norocoasă că faci parte din viaţa mea... îi răspunde Rachel, simţindu-şi inima bătând cu putere.

-Înainte de a toasta pentru noi, vreau să îmi spui adevărul, Rachel. Un singur lucru mai vreau să aflu de la tine...

-Ce e? îl întreabă ea curioasă, privindu-l.

-Câţi?...

-Câţi ce?

-Mai demult mi-ai spus că nu îţi mai aminteşti numărul bărbaţilor care au trecut prin viaţa ta de când noi... ştii tu... sunt sigur însă că răspunsul e altul, nu-i aşa, iubito?

Rachel îl priveşte surprinsă.

-Vrei să ştii adevărul? Nimeni, Chase! Deşi am mai încercat să am relaţii, nu am reuşit să ajung până în punctul acela. Pur şi simplu nu am putut... îi mărturiseşte, roşie la faţă, cu glasul tremurând, privindu-l în ochi.

-Bănuiam, dar acum că mi-ai confirmat asta, pot să spun că te iubesc şi te doresc şi mai mult, draga mea Rachel. Oricum simt asta pentru tine, chiar dacă sunt surprins. Sunt totuşi doi ani... e o perioadă destul de lungă pentru ca tu să nu... nu te judec, să nu înțelegi greșit. Sunt doar extrem de plăcut surprins... îi spune Chase, simțindu-se mândru și fericit.

-De fiecare dată când era aproape să fac asta, îmi aminteam de noi și mă opream. Nu puteam să merg mai departe. Amintirea ta mi-a rămas întipărită în minte, în inimă, în suflet, deși sufeream pe atunci, știi tu de ce...

Rachel se așază apoi pe canapea, urmând exemplul lui. Chase îi oferă un pahar de șampanie, privind-o ca pe cea mai de preț comoară. Până la urmă, așa simțea: Rachel e cea mai de preț comoară a lui, numai a lui, din toate cele trei dimensiuni existențiale: trecut, prezent și viitor.

-Pentru noi, iubito! Fie ca dragostea noastră să dăinuiască pentru totdeauna... îi spune el, zâmbind. Te iubesc!
-Pentru noi, iubitule! Și eu te iubesc! îi zice Rachel zâmbitoare, în timp ce toastează, atingându-și ușor paharele unul de celălalt. Ea simte gustul amețitor al șampaniei, în timp ce își încrucișează brațele, bând apoi unul din paharul celuilalt.

Chase pune apoi paharele pe masă, după care o ridică în brațe, privind-o îndelung. O poartă apoi în brațe până în dormitor, acolo unde o lasă din brațe. O apropie de corpul lui, mângâindu-i ușor mijlocul.

-Rachel... știu că ești emoționată. Chiar și eu sunt, dar va fi bine, știi asta, nu? o întreabă Chase, zâmbindu-i în felul acela dulce, așa cum numai el putea să o facă.

-Știu, adică sper... deși nu sunt... nu mai sunt... îi spune Rachel, roșind, privindu-l, simțind că tremură.

-Șșș... nu mai spune nimic. Amândoi știm cine e responsabil pentru acel lucru și tot amândoi știm că ceea ce s-a întâmplat între noi atunci, s-a întâmplat din iubirea pe care am simțit-o unul față de celălalt. În prezent, lucrurile sunt exact la fel în privința sentimentelor noastre, așa că nu trebuie să te simți jenată în vreun fel. Tot ce vreau să fac e să îți aduc aminte la propriu de noaptea aceea specială, dar și să creez noi amintiri frumoase și unice pentru amândoi. Acum... cred că ar trebui să te ajut cu fermoarul, dar diferit față de felul în care te-am ajutat într-una din săptămânile trecute... îmi dai voie să fac asta? îi spune Chase, pierzându-se în privirea ei iubitoare.

În loc de răspuns, Rachel se întoarce cu spatele la el, simțindu-și inima bubuind în piept, în timp ce Chase îi coboară fermoarul rochiei de mireasă, depunând sărutări răvășitoare de-a lungul spatelui ei. O întoarce apoi cu fața spre el, continuând să o sărute, explorându-i buzele dulci, primitoare și ademenitoare. Rachel îl privește cu dorință, răspunzându-i la sărut și, abandonându-se în brațele lui, începe să îi descheie încet nasturii cămășii albe.

-Simți, iubito? Aceștia suntem noi cu adevărat: iubindu-ne astfel, nu mințind că ne urâm... îi zice Chase, luându-i chipul în mâinile lui, privind-o cu intensitate, făcând-o să simtă forța și sinceritatea cuvintelor lui.

-Ai dreptate, Chase... îi răspunde ea, oprindu-se cu mâinile pe abdomenul lui tare.

Chase continuă ceea ce începuse ea, descheindu-și încet nasturii cămășii, dezbrăcându-se apoi, având un zâmbet ispitor în colțul buzelor, conștient de privirea ei admirativă. Vine apoi în fața soției lui, îi sărută buzele, în timp ce o dezbracă de rochia de mireasă, făcând-o să alunece pe trupul ei.

-Corpul tău e templul meu, nu uita asta, iubito! Nu ți-aș face nici cel mai mic rău, știi asta, nu-i așa? o întreabă Chase, privind-o în ochi, în timp ce o aduce lângă corpul lui, simțindu-i pielea pe pielea lui.

Rachel îl privește surprinsă, conștientă de faptul că i se formaseră lacrimi în colțul ochilor. Ceea ce tocmai i-a spus Chase i se pare atât de frumos, încât nu poate să creadă că e iubită în felul acesta, atât de frumos și de profund.

-Șșș... nu plânge, iubito. Nu vreau să plângi,

ci doar să te bucuri de toate astea, de noi... îi spune el, pe un ton ușor rășugit. O ridică apoi în brațe din nou, așezând-o pe pat, începe să o sărute, mângâindu-i pentru început chipul, coborând mai apoi pe trupul ei, atingându-i și gustându-i sânii, făcând-o să tresară și să inspire adânc. O privește cu o intensitate izbitoare, în timp ce îi scoate sutienul și lenjeria, lăsând-o goală și expusă în fața lui. Se dezbracă apoi, apropiindu-se de ea, făcând-o să îl simtă așa cum e: gol, puternic, masculin și frumos. Rachel îi primește sărutul, lăsându-l apoi să o atingă de-a lungul întregului corp, în felul acela amețitor de tulburător și îndrăzneț, gemând ușor când îl simte sărutând-o în cea mai sensibilă zonă a trupului ei. O face să se rușineze și să-și dorească mai mult, în același timp, iar asta o înnebunește.

-Chase... îi șoptește, respirând cu greutate, nefiind sigură ce își dorește.

-Ce e, Rachel? Știi ce vreau, nu-i așa? Roagă-mă, iubito... hai, fă-o... îi zice Chase, înnebunit de dorință.

Rachel închide ochii, simțindu-și corpul tremurând datorită plăcerii pe care i-o oferă Chase, soțul ei iubitor și seducător.

-Bine, bine... te rog... te rog, Chase...

Chase o privește zâmbitor, venind deasupra ei, împletindu-și mâinile cu cele ale soției lui.

-Doar ca să vezi că și eu pot să fac asta... și eu te rog să mă lași să te iubesc și în felul ăsta, iubito... îi spune el, privindu-i reacțiile încurajatoare, după care, nemaiașteptând vreun răspuns, o pătrunde ușor, cu blândețe, făcând-o să îl simtă. O lasă să se obișnuiască, oferind și primind plăcere în același timp, după care se mișcă puțin mai repede. Vrea să o înnebunească de dorință, însă și Chase e la fel, simțind-o cum se arcuiește sub el. În sfârșit, se afla în locul potrivit. Rachel era acasă pentru el.

Rachel închide ochii, bucurându-se de plăcerea de a-l simți, de a-i primi săruturile, mângâierile, știind cât de multă iubire era în toate acele gesturi. Se abandonează astfel cu totul lui Chase, împletindu-și corpul cu al lui, iubindu-l din toată inima și oferindu-i toată tandrețea. Simte că, în sfârșit, totul e așa cum trebuie să fie, iar în momentul în care își strigă numele împreună, în același timp, știe că nu poate să fie mai fericită de atât. E atât de frumos să fie iubită astfel. Este tot ce și-a dorit.

Puțin mai târziu, în timp ce e în brațele lui Chase, acesta îi șoptește, printre sărutări:
-Te voi iubi mereu, frumoasa mea vrăjitoare... ai reușit să mă farmeci pentru totdeauna...
-Și eu te voi iubi mereu, sufletul meu rebel... îi răspunde Rachel zâmbind, sărutându-l apoi, știind că și ea se va afla sub efectul farmecului lui Chase pentru tot restul vieții.

Mulțumiri

Vreau să îmi exprim mulțumirile sincere la adresa domnului Bogdan Pîrjol și a echipei sale, fiindcă au contribuit din nou, prin muncă, dedicare și pasiune la apariția acestui frumos roman de dragoste. Vă asigur de întreaga mea recunoștință. Sunteți minunați!

De asemenea, aș dori să-i mulțumesc Adrianei Frîncu pentru recenzia deosebită pe care a scris-o special pentru această carte. Îți sunt profund recunoscătoare!

Continui prin a-i mulțumi soțului meu, Silviu, pentru dragostea pe care mi-o dăruiește în mod necondiționat. Tu ești sufletul meu pereche, dragul meu!

Le mulțumesc și prietenelor mele, Simona și Ana, pentru prietenia lor infinită, dar și pentru sprijinul neprețuit. Sunteți mereu în inima mea, frumoasele mele!

Mulțumiri

În încheiere, vă mulțumesc din toată inima și vouă, cititorilor, pentru lecturarea acestei cărți, dar și pentru încurajările pe care le primesc din partea voastră. Nu pot să transpun în cuvinte fericirea pe care o simt datorită faptului că mă primiți în casele, bibliotecile, dar și în inimile voastre.

Vă dăruiesc cu drag tuturor această poveste de dragoste, care sper să vă încălzească și să vă bucure inimile. Nu renunțați niciodată la sufletul pereche, orice s-ar întâmpla!

Cu drag,

Lorena Lenn

Suflete pereche / Lorena Lenn
Timișoara: Stylished 2018
ISBN: 978-606-94577-3-3

Editura STYLISHED
Timișoara, Județul Timiș
Calea Martirilor 1989, nr. 51/27
Tel.: (+40)727.07.49.48
www.stylishedbooks.ro

Corectură, redactare și restilizare: Oana Călin

Editarea grafică a fost realizată în parteneriat cu

BADesign Studio

www.badesign.ro

Tipar: Artprint București